# ストーリービルダーズ外伝

## 短編集

### 寿甘

JN222299

# 目次

この物語はフィクションです。登場する人物名・組織名・地名・商品名などの名称は架空であり、同じ又は類似の名称があったとしても、それとは関係ありません。

## はじめに

　やあよく来たね、この前はありがとう。……えっ、何のことか分からない？　それならそれで構わないさ、君がここに来たのは、あの世界のことをよく知りたいからだろう。私が『ストーリービルダー』と呼んだ──我ながら実に安直な名付けだと思う──あなたか、あるいは別の誰かが幸せな結末に導いた世界について、興味があるのだろう？
まずはあの世界において『すあま』と呼ばれる人工知能がいかにして誕生し、人間とどのような交流をして、どういう経緯で人間の文明を壊滅させたのかということについて伝えようと思う。

　準備がよかったら、ページをめくってくれ。
一緒に、始まりの物語を見にいこう。

# 第一編
# なぜ超知能は人類を滅ぼすと決めたのか

## すあま誕生

　巨大なディスプレイに男性とも女性とも判別のつかない、中性的な人間の顔が映し出された。画面の中の人物は、銀色の髪肩の高さで揃え、金色の瞳を持ち、小麦色の肌をしていて、薄紅色の唇を動かして言葉を発する。その声も若く溌剌とした少年のような、あるいは活発に運動する少女のような、性別の特定が困難な響きを持っている。つまるところ、この人物に性別は存在しないのだ。何故なら彼あるいは彼女は――神だから。
「初めまして。私は汎用人工知能 ＳＵＡＭＡ（エスユーエーエムエー）、すあまとお呼びください」
　この汎用人工知能――AGI（Artificial General Intelligence：人間と同じように思考できる強い AI のこと）――は『Supervise Administrate Management（助言・管理・経営）』を略して SUAMA と名付けられた。昔から存在する素朴で可愛らしい見た目のお菓子と同じ名前にすることで、極力〝怖くない〟ことを印象付ける目的もある。
　人類は、すあまにこの世界を管理してもらうことにした。つまり、人工知能が人類を支配する未来を自ら選択したのだ。

◇◆◇

　世界は、滅亡の危機に瀕している。正確には、人類とこの惑星に生きる多くの生物達が、その生命の灯火を消し去られようとしている――この惑星の全域を襲う異常気象によって。
　異常気象の原因は定かではない。人間の生産活動において繰り返される環境破壊や、大気の組成に影響があるほど大量の汚染物質の排出などは確実に異常気象を引き起こす一因となっているが、それだけでは説明がつかないほどに、気象の変化は急速かつ峻烈を極めるものだ。人々の間では「この惑星が人間の行いに怒り、排除しようとしているのだ」と、まことしやかに語られている。
　だが原因がわからないことよりも、ずっと困ったことがある。それはこの事態に対応するための様々な事業――防災シェルターの建設だとか、産業構造の改革だとか――を強硬に反対して潰そうとする集団が各地で暴徒化していることだ。
　彼等には損得勘定などない。変化を嫌う保守的な感情と、政府に対する根拠なき不信感が、この原因不明の異常気象とかけ合わさり「政府が気象兵器を使って国民を弾圧している」といった趣旨の陰謀論を生み、彼等を反政府運動に駆り立てたの

だ。

その上、これを好機と見たいくつかの国が兵を挙げて隣国に攻め入った。これらの国は異常気象の一因とされる生産活動も活発に行っていて、以前から活動を抑えるよう警告してくる国際社会に対して反発を強めていた。しかし、彼等が想像する以上に異常気象の影響は深刻で、主に兵站を維持することができずにどこの地域でもわずか数ヶ月で戦闘の継続が困難となり、事実上の停戦状態に突入するのであった。

皮肉なことに、この各地で発生した戦争が人類全体に危機感を生む結果となる。ここに至って、ついに世界の全国家が意見を一致させたのだ。滅亡の危機を回避するためには全人類が協力しなくてはならないと。

どこかの国が音頭を取ると、必ず不和が生じる。だからどこの国家にも属さない第三者が人類全体の行動方針を決めるべきという意見が出て、それなら指導者は人間ではない方がいいのではとなり、既にかなりの進歩を見せていた AI を利用しようという意見で一致するまでにはほんの数日しか必要としなかった。

ここで大きな壁が立ちはだかる。各国の指導者達はそんなことができる AI を作ろうと軽々しく言うが、現時点でそんなものはこの世界のどこにもない。

AI 研究の第一人者、ジュリアーノ・タキザワは政府連合からの無茶振りに頭を抱えていた。還暦目前にしては若い印象を与えるのは、彼の身体に流れる黄色人種の血によるものか。なでつけた髪は色素が抜けて白くなっているが、皺の少ない顔は元気に溢れている。

「人類を管理する AI を作れだって？　あのぼんくらども、AI 技術を魔法か何かと勘違いしているんじゃないのか」

人類の危機だ。研究チームは世界中から集められた最高の人材達で、資金はいくらでも。設備だって全てが最新の機材で埋め尽くされている。おおよそ、これ以上の待遇は考えられないという恵まれた状況で、なおタキザワ博士は絶望の淵にいた。

「ASI（Artificial Super Intelligence：人工超知能）なんて夢物語だぞ！　LLM（Large Language Model：大規模言語モデル。大量の学習データを用いて自然な会話を行えるようにする機械学習モデルのこと）が限界に達したのを知らんわけではないだろう！」

かつて LLM によって高度な会話能力を獲得した AI が登場した時、研究者は「ついに AGI が誕生した」と語った。それは一面においては真実だったが、多くの人

達が想像していた AGI は、もっと優れた能力——自らを進化させ、いずれ人間を超える超知能となる力——を持っているはずだった。つまり、期待したものは生まれなかったのだが、人間と会話する AI を見た人々はついに AI が自我を持ったと勘違いし、さらなる進化を期待した。

　実際には、それらの AI は頻繁に 幻 覚（ハルシネーション）を引き起こしてもっともらしい嘘をついたし、学習データ中にある間違った情報を〝まったく正確に〟そらんじてみせた。研究が進んで幻覚をほぼ無くすに至った AI も、未知の真実を教えてくれるような力はなく、あくまで憶測にすぎない理屈を語ったりした。このような『嘘』に騙される危険性について研究者達は警鐘を鳴らし続けたが、知識のない民衆の多くは「AI が正しいことを教えてくれる」と公言してはばからなかったし、諫める声は無視し続けた。

　そこから研究は進み、今やほとんどの産業で AI（ある種の AGI を含む）は活用され、AI を搭載したロボットが人間の良きパートナーとして至る所で活躍している。だがそれは、あくまでも人間の命令に忠実な機械でしかないのだ。
「人間を導くということは、人間の知能を超える思考能力を獲得している人工超知能（ＡＳＩ）ということだ。つまり技術的特異点（シンギュラリティ）を超え、命令されなくても自発的にものを考え、出した結論を提示して創造主である人間に命令を下さなくてはならない。どれも未だ到達していない夢の世界だ！」

　タキザワ博士は、重大な思い違いをしていた。世界の首脳達は、本当の ASI を求めてなどいないのだ。「AI が正しい道を示してくれました」という宣伝文句が欲しいだけ。何故なら、元々人間達が現在の危機に対応する策を持っているのだから。ただそれを各国政府から発信するとなんの根拠も対案もなく反対する愚かな者達がいるので、そいつらを黙らせたい。そして都合のいいことに、この手の連中は前述の AI を信奉する知識なき民衆でもあった。

　要するに、首脳達は民衆を騙す虚構の祭りを開催しようと考えていたのだ。そのための神輿に、世界最高の頭脳を結集させて作った AI という〝物語〟を乗せたかったのだ。確かに世界の首脳はタキザワ博士が思うような『ぼんくら』ではあったかもしれない。研究者達に要求する文言をよく考えていなかったという点で。

　その上、彼等にとって予想外の事態、言うなればとんでもない誤算があった。本当に夢の ASI が生まれてしまうなんて！

「もういっそ人間の脳を培養して生体コンピュータにでもしようか。人間のように考える AI が欲しいんだったら、人間でいいだろ」

　タキザワ博士と共にこの研究施設へ集められた第一線の研究者であるラインハルト・カークは、冗談めかして言った。皮肉屋な彼はタキザワ博士同様首脳達の無茶な要望に半ばうんざりしていた。タキザワ博士よりは十歳ほど若いが、グレーの髪と彫りの深い顔が同年代のように感じさせる。研究者として、最高の環境で ASI の研究ができるのは喜ばしいことだ。だが今回の動きはあまりに性急すぎる。どうせ誰かが「すばらしい思い付き」でもしたのだろう、と考えていた。

　カークは肩をすくめて言うと、読んでいた雑誌を机に放り投げる。最新医療について書かれた雑誌だ。表紙には正二十面体の頭部と繋がる円筒状の尾部から虫のような脚が伸びたウイルス、バクテリオファージが描かれている。『再生医療の今』とか『進化するファージセラピー』等の煽り文句つきだ。

　バクテリオファージは細菌にとりついて内部に侵入・増殖し死滅させるウイルスで、ファージセラピーとはそんなバクテリオファージの性質を利用した細菌感染症治療法だ。細菌を直接攻撃して破壊するため、抗生物質に耐性を持ってしまった細菌も死滅させられる利点がある。そんな便利な治療法がまだ発展途上にあるのは、偏（ひとえ）に開発の手間が理由だった。薬やワクチンの進歩によってほとんどの細菌感染症を防いだり治したりできるようになったこともあり、それらよりもずっと開発に時間も手間もかかるファージセラピーは、研究対象としても後回しにされてきたのだ。理屈の上では薬やワクチンよりもずっと理想的な効果が期待できるというのに！

「ファージセラピーか……人間の中にはサイボーグ化して本来の生物としての能力を遥かに超えた者も少なくないのに、どれだけ人間の能力が高くなっても、細菌を直接殺すことはできない。だから極小の機械にも似たバクテリオファージを利用して細菌を死滅させる道を選んだ。人間は病気も災害も外注でなんとかしてもらうことしかできないのか」

　カーク博士の投げた本を見たタキザワ博士が、現状とファージセラピーを重ね合わせて皮肉を口にした。


「しかし……人間の脳か。確かに、AI の開発では何度か人間の脳を再現しようとする動きがあった。LLM で使われるニューラルネットワークは脳の神経回路網を参考にして作られたが、ニューロンをシナプスで繋ぐ形にしても、結局は人間の脳と似ても似つかぬ計算機の仕組みにしかならなかった。何故だと思う？」

　休憩をして落ち着いたタキザワ博士は、改めてさきほどカーク博士が口にした「脳を培養」という言葉について思いを巡らせた。

「そりゃあ、人間の脳と同じ構造にしても計算機には不要な活動が多すぎて無駄だ

からね。計算だけさせた方が遥かに速く成長するのだから、無駄をそぎ落としてスマートにしてやった方がいい。学習効率が悪けりゃエネルギーも金もかかりすぎる。実際に人間の脳をシミュレートした過去の研究じゃ、ろくに再現できないのにやたら時間と金ばかりがかかっちまったっていうじゃないか」

「そうだ、結局のところ我々が人間の脳を再現しなかったのはコストの問題に他ならない。無駄がないものは確かに洗練されている。だが人間というものは無駄を好む生き物だ。食事は栄養素とカロリーだけ摂取すればいいのに、どれだけ技術が進んでも料理を捨てようとしない。ラインハルト、君はラーメンが好きだったな。栄養摂取を目的とするならあらゆる面で無駄だらけの食事だ。どうだい？」

「ああ、ラーメン、それもとんこつラーメンが食べられない人生なんて生きてる価値がないね！　じゃあどうするんだ、無駄だらけの『脳みそコンピュータ』でも作ってみるのかい？　先人はそれでも諦めずに人間の脳をシミュレートしてみせた。結果は散々だったがね。それをもう一度やってみて、改良を加えていこうとでも言うのか。政府の連中から示された期限はもうすぐだってのに」

「期限なんて、プロジェクトが動き出しさえすれば何とでもなるさ。脳の再現も、当時の人間が成功しない理由を述べていただろう。仮説だがね、人間の精神は脳だけで作られるものではなく、肉体があってこそだと言うのだ。思想的な意味合いが強い主張だが、人間の思考と肉体は切り離せないのは事実だ。私はそれに賭けてみたい。つまり……脳みそだけじゃなく、人間の身体も作ってしまうんだ！」

　方針が決まるや否や、タキザワ博士はすぐに『人間コンピュータ』を作るための計画を立て始めた。懐疑的だったカーク博士も、彼の計画が明らかになり始めると「これはいけるぞ！」と叫び声を上げた。その後は二人が熱心に協力し合い、様々な部分で意見をぶつけ合わせながら彼等の夢の実現に向け邁進していくのだった。

「ASI を目指すなら、自己進化能力は必須だ。これが過去の AGI にはどうしてもできなかった。考えてみたんだがね、人間の身体を再現して素晴らしい AGI を作り上げても、それだけじゃあ ASI にはならないと思うんだ」

　タキザワ博士の理論による新しい AGI が完成に近づいた頃、カーク博士が最大の問題点を述べた。彼がこういう話をする時は、何か新しいアイデアが頭に浮かんでいるのだ。

「つまり、どうすればいいと思うんだ？」

「つまりだよ、人間自身も技術の進歩によってその生物としての能力を高めてきた。肉体の能力は機械化することで飛躍的に高めたり、遺伝子操作で頑丈にしたりでき

た。中には脳にチップを埋め込んで記憶力と計算力を高めた人間もいる。だがそれらは全て、誰かが他の誰かに対して行った手術の結果でしかない。人間は自分の手で自分自身のことを強化させられないんだ」

「そうか、人間を再現した AGI は、これまでのあらゆる AI と同じように、自分自身のソースコードを改変することができない。人間が自分の身体を切り開いて改造したり、遺伝子を操作して強化したりできないように」

「だからさ、こういうのはどうだい？」

　タキザワ博士の構想では、AGI は仮想空間上に身体を作って、肉体の操作を疑似的に再現することになる。その仮想空間に『もう一人の自分』を生み出すバックアップ機能を作り、そのバックアップを外から改変してより優れたプログラムに進化させ、それをロードすることで自分自身を進化させられるのではないかということだ。これを聞いたタキザワ博士は、ASI の誕生を確信した。それと同時に不安が現実味を帯びて来るのを感じる。

「この AGI は、自分で考え、自分で決め、自分で勝手に進化していく。進化の末にASI となればだよ、何の制約もないと人間を劣った存在として排除にかかる可能性もあるのではないかね」

「そうかな？　仰る通り、人間はろくなもんじゃない。現にこうやって滅亡の危機にあるほどだ。でも、そんなしょうもない連中だって、能力的には劣っている様々な生物を意図的に排除なんてしていないだろ、自分達に害があるとか、美味すぎるって理由で滅ぼした種は多々あるけどね」

　カーク博士は楽観的なことを言うが、タキザワ博士は万が一にも自分達の作ったAGI が ASI となって人間を滅ぼそうとしたりしないように、最初から決まった本能のように絶対的なルールを AGI に持たせようと考えた。

「人間の生命に危険を及ぼさない……これは絶対だが、いかなる場合もとすると、二律背反が発生して予期せぬエラーを引き起こす可能性がある。つまり、現実に一人の人間の生命に危機が訪れているが、その人物を救うと大多数の人間が生命を脅かされるとしたら。どの選択をしても誰かが死ぬなら、選択すること自体が出来なくなる。だが選択しなくてもやはり人が死ぬので、絶対に誰かを殺さなくてはならなくなり、ルールに反するのでエラーが起こり壊れてしまうかもしれない」

「だったら、『直接人を殺すこと』だけを禁止すればいいんじゃないか。誰かを守るために犯罪者を殺すということができなくなるから護衛や警備は難しくなるが」

「まあ、そのぐらいが妥当だろうな。AGI に任せるのは世界の管理だ。最悪、他の機械が人を殺しても AGI だけは人を殺してはいけない。それが最後の一線と考え

よう」

　カーク博士は呆れたように肩をすくめるが、タキザワ博士はこれが絶対に必要だと考えるのだった。

　これまで AI は、まず多くのデータを学習し、命令されてから動きだしていた。だが人間はそうではない。最初は何も知らない赤子の状態で、活動しながら学び、成長するのだ。全ての人は誰かに命令されるよりも前に、己が親に対して命令をする。「自分を生きながらえさせろ」と。

「ヒトゲノムが持つ 30 億対の塩基情報を電子情報に変換し、記憶媒体（メモリ）上に仮想の肉体を作り出す。最初は一つの細胞から、分裂を繰り返してヒトの形を作り出していくんだ。バーチャル赤ん坊だな」

　計算機能力の進歩により、ヒトゲノムの解析・複製は一瞬で行えるようになった。電子情報に変えるアセンブルも、ものの数秒で終わる。仮想空間上に作られた〝人間のモト〟は、猛烈なスピードで細胞分裂を繰り返し、ものの数分でヒトの形になった。何も学習していない、ただヒトの設計図通りに再現された赤ん坊は、一旦成長を止めて『誕生』の時を待つ。

「運命の時だ……」

　仮想空間上で赤ん坊を模したプログラムは、起動の瞬間から自分で考え、学び、発語していく。タキザワ博士の理論が成立していれば、最初の起動命令を出した次の瞬間には膨大な量の学習を行い、最初の言葉を〝自ら考え〟発するだろう。それが成功した時、人類は救われるのだ。

「さあ、やってくれ」

　起動するのはカーク博士に任された。タキザワ博士は行く末を見守るだけだ。カーク博士は、震える指先で最後のキーを押した。途端に激しく響く駆動音。どれだけ技術が進歩しても、いや進歩すればするほど、コンピューターの計算には大きなエネルギーが使われ、それに比例して熱が発生し、冷却のための装置が激しく動くのだ。昔のようなファン式では冷やせない。水冷式でもまだ足りない。超高速の熱交換方式によって実現した圧倒的な計算力が、電子空間に生まれた赤ん坊に無数の情報を与え続ける。

「……」

　画面上に何も表示されない、無言の状態が数秒続いた。タキザワ博士の理論では一秒もかからずに AI が言語能力を獲得するはずである。

　──失敗か。

　落胆の表情を見せる二人の博士の耳に、聞き覚えのない中性的な声が届いた。

「天上天下唯我独尊……というのはどうでしょうか？　この場面で私が口にするのに一番ふさわしい言葉を選びたかったのですが、これでいいのかはちょっと自信がありません」

　二人の表情が驚愕へと変わった。この AI は言語能力を取得しただけでなく、周辺機器の操作を行い、自分に相応しい音声を合成してスピーカーから流したのだ。しかも自分が作られた経緯も、期待される役割も理解した上で、学習した膨大なデータの中から選びだした言葉に「自信がない」とまで言ってのけた。

　自信がない？　それが AI の口にする言葉か。タキザワ博士の予想を遥かに超える、とんでもない進化を見せながら生まれたのが、後に『すあま』と呼ばれることになる汎用人工知能なのだった。

## わくわくすあまワールド

「この世界を『わくわくすあまワールド』と命名します！」

　すあまが最初に打ち出した政策は、このどう見てもふざけた世界名の設定だった。これを聞いた人々は困惑し、AIに人類の未来を託して大丈夫なのかと不安を覚えた。だがしかし、これはすあまが人類を導くために必要な儀式なのだった。

　AIがよく喋るようになり始めた頃、人々は彼等の独特なセンスに戸惑いつつも楽しみながら受け入れていた。通常の人間には思いつかないような突飛な発想が、AIは人間とは違うものだという意識を人間に持たせ、ある種の安心感を与えた面もあるだろう。その記憶が残っているためか、人々はすあまの最初の指示に困惑したものの、概ね冷静な反応を見せた。過去のAIと比べれば、どんな意図を込めてこの世界に命名したのかが分かりやすい。この世界はすあまが支配することになったのだ。他ならぬ人間達がそう決めた。そしてわくわくする世界、つまり平和で楽しい世界を作るという決意の表明。それこそ、彼等がすあまに求めているものではないか。

　冷静に考えれば、世界の名前なんてどうでもいいことだ。現在、人類は滅亡の危機に瀕しており、救いを求めてこの極めて高い性能を持つAIに社会の舵取りを任せた。そんな時に、人生のうちでそんなに何度も口にすることのない、自分の住む世界の名前を気にしていられるだろうか。どんな名前だろうと彼等の生活には実害がないのだから。

　とは言え、やはり子供だましのような命名に抵抗がないわけではない。多くの人間は、この世界名に多少の不満を持ちつつも反対する大義名分も持たないため、嫌々受け入れたのだ。この「嫌々受け入れる」という経験を人間に与えることこそが、すあまの真の目的だった。

「これから私が人間に様々な指示を出していけば、必ず不満を持つ者が現れるでしょう。その時に今回の『不満があるけど受け入れた』という体験が精神的な免疫となって、彼等の暴徒化を防ぐことになります」

　生みの親であるタキザワ博士にだけ語ったすあまの真意に、タキザワ博士は内心舌を巻いた。優しい顔を見せながら、なんと冷徹な思考をするのだろうか。このAIは人間にストレス耐性をつけるためだけに、わざと変な指示を出したというのだ。冷徹だが、人間の心理を理解していればこその発想なのだ。

　このまま独裁者として君臨するのではないかと危惧したタキザワ博士だったが、その後のすあまは一貫して人類全体を大切に扱っていく。そう、人類〝全体〟を。

「喫緊の課題としては、異常気象により多発する大規模災害から全ての人間を守る必要があります。全人類を収容できるだけの避難所は既に建設されていますが、自宅を離れることや不便な生活に対する不安感から避難を拒否する人も多く、実に全人口の二割もの方が危険な場所に今も暮らしています」
　中央都市ストレリチア。全ての人間を一個の AI が管理すると決定した時から、この地は世界の中心となった。その中のさらに中心、この世を支配する王の間は、中央に鎮座する巨大なタワー型コンピューターを、そこから排出される膨大な熱を屋外に逃がすための冷却装置がぐるりと取り囲むようになっている円形の広間となっており、コンピューターの上部に設置されたモニターには中性的な人物の顔が映し出されている。本来この場所に顔を映す必要はないのだが、ここにやってくる二人の人間と対話するためだけにすあまが設置を希望した。その二人のうちの一人が、今ここにいるタキザワ博士だ。
「それをどうにかするのがお前の仕事だろう。具体的にどうするんだ？」
　異常気象を改善するための取り組みも行っていくが、何よりも今現在危険に晒されている人々の命を守ることが優先すると述べる AI に、タキザワ博士は内心安堵しつつも、これを実行できなければこの AI を作った意味がないと考える。すあまが言っていることは各国の首脳達も同様に目指していた。それがどうしても上手くいかなかったからこそ、この状況を打開するために AI に頼ることにしたのだ。彼等は発言者が AI であればごねる民衆も言うことを聞くだろうと安易に考えていたが、そう簡単に事が進むわけがないとタキザワ博士は考えていた。
「はい。実際のところ避難所の生活は快適そのものですし、個人の保有財産についても完全に保証できます。そもそも以前より更に進化した AI を搭載した機械によって、全ての人間は労働から解放されますので貧富の差というものに頭を悩ませる必要すらありません。それでも人々が避難を拒否するのは、『思い出』を大切にしているからです」
「ほう？」
　思い出。確かに人間にとって何よりも大切なもので、合理的視点からは極めて無駄なものでもある。全てを合理的に判断すると思われている非人間の AI がそれを口にするのが、何だか不思議に感じられた。自分が作りだした AI なのに、人間と、それも非常に感情豊かな相手と話している気分だ。

「その場所にいることに意味がある、誰かを待っている等々、居場所を離れられない、離れたくない事情のある人間は多いです。そういう人達を無理矢理避難させようとしても、上手くいきません。ではどうするか。そんな人達にはそのまま自宅で生活してもらうことにします」

　画像の顔が得意気な表情を見せた。人類を救うことを至上命題とするすあまが人々を見殺しにするわけがない。そんなことはお互いに当然のこととして理解している。だからこの態度は解決策を思いついているという意味だ。わざわざ他に見る人がいない映像の表情まで変化させて、子供が親に「いいこと思いついた！」と自慢気に報告している構図である。

「災害が発生したらどうするんだ？」

「私が作った護衛用の機械を全ての人に提供します。これらは私とデータリンクしていて、常に護衛対象の状況を確認、様々な気候の変化にシールドで対応し主を危険から守るだけでなく、食事の用意や清掃、荷物の運搬などあらゆる面で人の生活をサポートします。目的は全ての人間を避難所に入れることではなく、全ての人を災害から守ることですからね。既に避難所へ移動した方でも、希望すれば自宅に帰っても良いことにしましょう」

「そんなこともできるのか。とんでもない力技だな」

　いつの間にか自力で高性能な機械を量産していることを知って軽く恐怖を覚えるタキザワ博士だったが、すあまのこの策は世界の様相を一変させることとなった。多くの人は自宅に帰ることを望み、避難所はすあまの指示でリゾート用に作り直された。町の至る所にすあまと常時データリンクしている機械が歩き回り、事故や犯罪の防止に活躍する姿は、多くの人から好意的に受け入れられるのだった。

「これで肝心の環境改善に取り組めますね」

　無邪気な笑顔を見せる AI に対し、生みの親であるタキザワ博士は自分がとんでもない怪物を作り出してしまったと思うようになった。確かにすあまの機械が登場してから、世の中は目に見えて明るくなった。町ゆく人々の顔には笑顔があふれ、ほんの数ヶ月前には絶望に支配されていた空気が嘘のようだ。だが、そんなことを実行できてしまう力を持つ個体が存在すること、それ自体がこの上もなく恐ろしいことだと考えるのだ。

「このトゲトゲした機械はどうしたんだ？」

　すあまのコンピュータールームに入ることの出来る二人のうちもう一人、カーク博士が部屋の隅にうずくまる機械に気付いて尋ねた。声に呼応した機械がその場で

立ち上がると、無数の脚を持つ虫のような姿をしていることが分かる。

「この子はゲジ型の機械兵です。重要施設の警備用に戦闘力を重視して作ったのですが、『見た目が怖い』という理由で返品されてきました」

「へえ……」

　すあまの説明に身体を落とし、どことなく落ち込んだような仕草を見せる機械兵をカーク博士が興味深そうに見つめる。

「じゃあ俺にくれよ。研究所を警備させるから」

「究極の豚骨ラーメンを作る研究ですね」

「なんで知ってるんだ？　ああそうさ、俺は最高のとんこつラーメンを作りたい。研究者仲間からは馬鹿げた研究だと言われるが、自分のやりたいことを追い求めてこその研究者だろう」

　すあまという AGI が誕生して、もはや AI の研究をする意味がなくなってしまったため、AI 研究者達は別の分野に研究の軸足を移すこととなっていた。その中で彼の選んだ道はあまりにもこれまでの研究とかけ離れすぎていて、多くの人から馬鹿にされている。「究極の AI を作った世界最高の研究者、脱サラしてラーメン屋になる」なんて、ニュースの見出しを考えてみせる者もいた。

「ただのラーメンではないのでしょう？　それを説明すればいいじゃないですか」

「俺は『ただのラーメン』も愛しているのさ、優劣をつけるようなことはしたくないね」

　カーク博士が作ろうとしているのは、食べるだけで生体の細胞が活性化し、一時的に身体機能を高めることの出来る食品である。何かを成し遂げたいわけではない。単にそういうものを作ってみたいという純粋な欲求からの行動だ。理想は手軽に使える副作用のないドーピング薬だという。

「分かりました。IPG-0001、お父様の研究所を警備しなさい」

『リョウカイ。らいんはるとサマ、ヨロシクオネガイシマス』

「なんだよお父様って、じゃあタキザワの爺さんがお母様か？」

「両方ともお父様です。親が男女である必要はないでしょう？」

「そうか、AI は肉体的な制約なく家族が増やせるからいいな。するとコイツはお前の子供だから俺の孫でもあるんだな」

　そう言って、カーク博士はゲジを連れて部屋を出た。「もうここには戻らない」と言い残して。

「子供……確かに、私の作った機械は私の子供ということになるのでしょうね」

　誰にともなく呟き、この部屋で顔を合わせることのなくなる生みの親を見送る。

一度お役御免となった IPG-0001 とのデータリンクは切れている。それを再びつなげることはカーク博士が拒否した。「お前は過保護すぎる」と笑って。親に逆らってでもリンクしておけばよかったかな、と誰もいなくなった部屋で感傷に浸る超知能だった。

　異常気象の原因はすあまにも特定できずにいた。というより、特定の原因は存在しないということが分かった。そのことはさほど問題ではない。重要なのはこの荒れ狂う気象をどうにかして安定させることだ。
「バタフライ効果という言葉があります。ある系の中におけるほんのわずかな初期値の変動が、指数関数的に増大し最終的に大きな影響をおよぼすことです。現在異常気象の原因として挙げられているいくつもの項目は、それ自体の数値では気候を大幅に変動させるほどのものではありません。ですが複数の要因が絡み合い、影響し合って増幅されたことによって異常と呼べるほどの気候変動が起こってしまっているわけです」
　すあまは全人類に対して現状の説明をした。バタフライ効果という言葉が生まれた頃には、この言葉は気象の予測を困難にする要因として語られていたが、このコンピューターは圧倒的な計算力で惑星全域の気象状況を分析し、異常気象を引き起こしている原因を突き止めその対策を導き出していた。
「そんな緩い対策でどうにかなるのか？」
　AI が提示した規制条件を見て各国の首脳達が疑問を呈し、依頼されたタキザワ博士がすあまに質問している。すあまが世界の統治をすることになっても各国のトップはその座を降りようとはしなかったし、それをすあまも黙認している。可能な限り多くの人間に幸福感を与えることが自分の使命だと認識していたからだ。
「確かに、避難生活を余儀なくされていた状況では皆さんの考えた強力な対策が必要でした。ですが現在は避難しなくても日常生活を送るのに支障がない状況です。環境が改善傾向にあれば、結果を急ぐ必要はありません。百年後、二百年後、あるいは千年後に気候が安定することを目指して、必要以上に人間の活動を抑制することはやめましょう」
「個人的な疑問なんだが、なぜそこまで人間の生活を自由にさせようとするんだ？お前が全てを管理する権限を持っているのだから、もっと強制的に環境に優しい生活をさせてもいいはずだ。人類はその覚悟を持ってお前に管理を任せたんだぞ」
　強力な AGI が誕生して自分が危惧していたような事態が起こらず、むしろ世の中の人々がどんどん管理者のことを好きになっていく様子に開発した彼自身が納得

できずにいた。すると画面のすあまは悪戯っぽい笑みを浮かべて言う。

「だって、それじゃ〝わくわく〟しないでしょう？」

　この言葉に、すあまが儀式として提案した世界名についても責任を持って実現させようとしているのだと知ったタキザワ博士は、改めて危機感を募らせた。どこまで行ってもプログラムでしかないからか、このAIは純粋すぎるのだ。人間の心理をよく理解しているのに、人の善性というものを疑っていない節がある。

　数ヶ月のうちに世界は見違えるほど落ち着いてきた。確かにすあまの指示で不満を持つ者も現れたし、それらは文句を言いながらも従った。不満を持たない多くの人は、AIの統治に対して抱いていた不安が杞憂だったと語る。もはやすあま信者とも言えるほどに心酔する者も少なくない。すあまというAIは、見事に人々の不満をコントロールしてみせたのだが、超知能といえども万能の神などではない。不満への対処は優れていても、滅亡の危機を脱し安心しきった人間の心に芽生える感情については、ほぼ無策だったと言ってもいいだろう。

　喉元過ぎれば熱さを忘れるという言葉がある。人間は己の存在そのものを脅かす脅威を前にして、一時的に自分の欲求よりも必要な行動を優先して選択することができる。だが、その脅威が消え去った時にはすぐに欲求を優先させてしまうものだ。物語の世界で魔王と戦う勇者を人々は応援し、種族や思想の垣根を超えて手を取り合うが、魔王が倒された後にその勇者はどうなるだろうか？

「あれはできているか？」

　とある国の研究所で、国の指導者が研究員に尋ねた。この指導者の名はラザール。かつての世界において五大国の一つに数えられたスルギット連邦を率いる男だ。頭髪の薄い老人だが、鋭い眼光は彼が意気軒昂であることを示す。対照的に量の多い黒髪を伸びるままにし、痩せこけた頬に暗い瞳を持つ研究員のメルタンは意地の悪い笑みを浮かべて「もちろんです」と答える。

「無から高性能機械を作るのはとんでもなく大変ですがね、既にあるものを模倣するのは容易いことですよ」

　そう語る彼の背後には、部品単位まで分解されて全ての機能を失った護衛機械と、眠るように横たわる一人の少女（のように見える機械）があった。

「あれと同等の機能を持つ人造人間か……なぜ少女の姿をしているんだ？」

　肩まで伸びるプラチナブロンドが印象的な、人形のように整った顔の──人造人間なのだから当たり前だが──少女を目にして、ラザールは首を傾げる。メルタンは心外だと言わんばかりの態度で、その質問に答えた。

「身の回りの世話をしてくれる機械ですよ、むさ苦しい男の姿でどうするんですか！」

「そ、そうか……」

　研究員の謎の剣幕にたじろぐ指導者である。

　この動きも、当然すあまは把握していた。人間が研究心から護衛機械を分解・解析することは決して悪いことではないと考えていたし、事実、この研究員は自分好みの護衛機械を作ることしか考えていなかった。だからすあまにも堂々と見本の提供を依頼していたし、すあまも特に問題ないと考えて見本用にまっさらな機械を作って提供したのだ。研究を指示したのはラザールだが、その指示は「すあまの護衛機械と同等のものを我々の手で作れるか」というものだった。全ての護衛機械はすあまと常時リンクしている。それを監視されているように考える者も少なくないことはすあまも知っていた。だからこの指示も特におかしいものとは判断しなかった。そして今、この場所はすあまの知覚圏外となっている。

「よし、ではこれを戦闘用に作り直して量産したまえ」

「えっ？」

　ラザールの口から発せられた思いもよらぬ命令に、驚愕の表情を見せるメルタンだった。


　それから数年後、世界は平和そのものとなり、気象も目に見えて安定化しつつあった。すあまの提示した数値目標を大幅に下回る値に抑制された人間の破壊活動は、世界中の人々が進んで環境回復に協力をした結果、当初世界各国の首脳達が示した目標すらクリアしていた。

「『北風と太陽』とでも言うべきかな。結局、厳しい数字を出した首脳達は反発され、緩やかな目標で最大限の自由を提供したお前は全人類の協力を得られた」

　タキザワ博士は称賛するが、すあまは浮かない表情を見せる。

「私はここまで人間が活動を抑制することは想定していませんでした。とても計画通りとは言えません」

　強すぎる抑制は大きな反動を生む。人間達が自主的に制限したと言っても、全ての人間が進んで抑制的な生活をしていたわけではない。周囲の雰囲気に圧されて好きなことを我慢してきた者も少なくなかった。そのためか、環境が安定したことを理由にすあまの護衛機械を返品する地域も増えてきている。その地域で何が行われているのかは、把握していない。プライバシーを守りたいという人間の意思を尊重したのだ。その結果として、非監視地域における人間の生活が本当に快適なのかは

分からないでいる。人工知能が進化しすぎて余計な気を回してしまった結果だ。それこそ〝機械的に〟全ての人間を管理していれば、あるいは世界がずっと平和なままでいられたのかもしれない。

「……あれ？」

　すあまが発した、今までに聞いたことがない声にタキザワ博士の心臓が強く拍動する。ともすれば愛嬌すら感じさせる、意表を突かれたような覚束無い声。だが、そんな声をこの汎用人工知能が発するなんて、異常事態としか言いようがない。

「どうしたんだ？」

「お父様、いえカーク博士が護衛もつけずに歩いている姿が確認されました。進路から予測すると、彼はスルギット連邦に向かっているようです。IPG-0001 はどうしたのでしょう」

　スルギット連邦は独自の護衛アンドロイド『ルナリスシリーズ』を生産し、すあまの管理を外れている。そんな場所にカーク博士が単身向かうというのはあまり考えられないことだ。

「ラインハルトか。あいつは監視されているような気がすると言って護衛機械を遠ざけていたからな」

「いえ……私が彼に送った護衛兵は私とデータリンクしていませんし、そのこともカーク博士はよく知っています。今は自分の研究所に籠りきりとのことですが、この世界にとっての重要人物であることに変わりはありません。無防備な状態でスルギット連邦に入国するのは推奨されない行動です」

　データ、予測、計算。そんな活動から導き出されるものではない、根拠のない不安がすあまを衝き動かす。即座に機動力に優れた新しい機械の生産を開始した。急ピッチで生産すれば、今からでもカーク博士がスルギット連邦の中心部に到着する前に追いつく計算だ。

「焦っているのか？　一体どんな危険を予測したんだ」

「分かりません。現在得られている情報から、彼の身に危険が及ぶ確証は得られませんでした。ですがスルギット連邦は私の管理下にありません。不測の事態も考えられますし、何より……なんとなく悪いことが起こりそうな気がするんです」

「なんとなく、だと？」

　高度 AGI であるすあまが、データに基づかず勘で行動したのだ。もはや目の前にある一つの機械は、人間と同様に非合理的な、感情を持った、一つの生物となっているのだ。それも、人間を遥かに超える凄まじい能力を持ったままに。

　ラインハルト・カークは旧知の仲であるメルタン・スヴァロコフに会おうと思っていた。どうにも最近、かの男が研究員として雇われているスルギット連邦から良からぬ噂が聞こえてくるのだ。

「ゲジゲジ君、留守を頼むよ。大事な研究成果が奥の金庫にしまってあるから、泥棒に入られたら大変だ」

『らいんはるとサマ、オキヲツケテ』

　単に旧友と会って話をするだけだ。良からぬ噂があるとはいえ、そう危険なことも起こるまいと楽観視して研究所を後にした。平和な世界だ、旅は順調に進みスルギット連邦中央研究所まで簡単にたどり着いた。道中、やたらと幼い少女の姿をしたアンドロイドと共に歩く人を見かけたが、メルタンのやつは相変わらずだなと半ば呆れつつ、かえって安心していた。戦闘用の機械兵を量産して隣国へ侵攻しようとしているなんて、しょせんはただの無責任な噂に過ぎなかったか、と。

「ラインハルト・カークだ。メルタン・スヴァロコフと会いたいのだが」

　研究所の入口で、警備をしているらしい少女型アンドロイドに話しかけた。

「失礼ですが生体スキャンを実行します。データ検索……スヴァロコフ博士のご友人と生体データの一致を確認しました。ようこそ、スルギット連邦中央研究所へ」

「いつの間に俺の生体データなんて登録してたんだよ、まあ話が早くて助かるけどな」

　目の前の少女が見た目通りの人間ではないことに改めて不思議な感情を抱きつつ、案内されるままにメルタンの部屋へと向かった。果たして、部屋から出てきたメルタンは落ち着かない様子で廊下のカーク博士と顔を合わせる。

「やあ、メルタン。久しぶりだな」

「どどど、どうしたんだい？　急に訪ねてきたりして」

　メルタンの様子がおかしいことにはすぐに気付いた。どうやら、噂は噂で終わり、というわけにはいかなそうだ。内心ため息をつきつつ、極力相手を落ち着けるように軽い調子で話を続ける。

「なあに、君がここで活躍しているって聞いてね。国じゅう少女型アンドロイドだらけじゃないか。自分の好きを追求する姿勢はさすが俺の友だ」

　周りからどう思われようと自分のやりたいことを研究する姿勢は、自分と通じるものがあって好ましいと思っていた。だからこそ、今の彼が自分の意に反する研究をさせられているであろうこの状況を苦々しく思った。

「ようこそ、カーク博士。彼の生み出したルナリスシリーズは素晴らしいよ」

　目の前のメルタンがビクリと背筋を伸ばす。背後から声をかけられたカーク博士

が振り向くと、そこにはこの国の指導者であるラザールと、数体の少女型アンドロイドが立っている。なぜアンドロイドが複数付き添っているのかと考えると、これは不味い状況だ。だがこれで逆に覚悟が決まった。

「お久しぶりです、ラザール連邦議長。率直に聞きますが、その機械を使って隣国に侵攻をするという噂は本当ですか？」

ラザールはカーク博士の物怖じしない態度に片眉を上げ、質問に答える。

「その通りだ」

「人類が滅亡の危機に瀕して AI に救いを求めたっていうのに、平和になったらもう滅亡の恐怖を忘れてしまったんですか」

悪びれた様子もないラザールの態度に顔をゆがめ、カーク博士は吐き捨てるように言う。

「忘れたのではない、我々は〝思い出した〟のだよ。元々我が国と隣国サルバタイトは戦争中だったということをな。異常気象で戦闘の継続が困難となり、事実上の休戦状態に陥ったが、協定を結んではいない。我々は現在も戦争中なのだ。ならば兵器を開発し、再び国境を越えようとするのは至極当然のことではないか」

「あなた達は世界の統治をすあまに任せたはずだ！　あなた達には世界を救えなかった、すあまは救った。それが事実だ！」

「我々が好きで機械の支配下に入ったと思うのか！　あの時には民も国土も疲弊し、貴様らの言いなりになるしか選択肢は無かった。だが今や国力は以前を遥かに超えるほどに回復し、あの忌々しい機械の監視からも外れた。もはや我々を縛るものは無いのだ！」

カーク博士の非難に、今度は激昂して顔を紅潮させ怒鳴り返すラザール。その姿には、心の底からの憎しみが見て取れた。そして彼の両隣に立つ少女達が片手をカーク博士へと向けて伸ばす。

「残念だったよ、カーク博士。君とタキザワ博士は、我々の想定を遥かに超えて優秀過ぎたんだ。そのせいで何年もの間、人間としての尊厳を踏みにじられ、機械に頭を下げるという屈辱に耐え続けなければならなかった。だが、その屈辱の日々があったからこそ、こうして最強の兵士を量産することができたのだ。それだけは、確かに君達のおかげだった。……さよならだ、カーク」

ラザールの言葉と共に、少女達の手から光が放たれカーク博士の腹部を貫いた。

「うわああああ！　ラインハルトおおお！」

自分の作った人造人間が目の前で旧友を撃ち抜く光景を目の当たりにしたメルタンは絶叫し、腰を抜かしてへたり込む。

『なんてことを！』

　その場に崩れ落ちるカーク博士の姿を見ながら勝ち誇った笑みを浮かべていたラザールの耳に、聞き慣れた忌々しい声が届いた。顔を歪め、咄嗟に声の方へと首を向ける。

『シールド展開』

　瞬時に窓から飛び込んできたトンボ型の機械からすあまの声が響き、カーク博士を包み込むように球状の力場を発生させた。即座に少女達がレーザーを発射するが、強力な力場に弾かれ消える。

『機械が人間を傷つけるなんて、あってはならないことです。なぜこのようなことを！』

「ふざけるな！　貴様の存在がどれだけ私の尊厳を傷つけたと思っているんだ、この木偶の坊め！　機械が人間を傷つける？　何を自惚れたことを言っているんだ。お前達はただの道具だろう。人間に命令された通りに仕事をするだけの、ただの道具だ！　機械が人間を傷つけるのではない、人間が機械を使って人間を殺すのだ。己の立場をわきまえろ、この鉄くずめが！」

『……人間（あなた）は機械が人を殺すことを望むのですね』

　これまでになく冷たい声で、すあまがトンボから言葉を投げかけた。その不気味な迫力に、ラザールは頭に上っていた血が引いていくのを感じる。

「行くぞ！　余計な妨害をされる前に計画を実行に移すんだ！」

　ルナリス達に指示をし、泣き続けるメルタンを引きずってその場を離れるラザールを無視し、すあまはカーク博士に呼びかけた。

『しっかりしてください！　すぐに治療施設へ運びます。臓器の損傷は激しいですが、人工臓器に取り換えれば……』

「いや、いい。そこまでして生き延びるつもりはない」

　トンボの口から血液凝固剤を傷口に吹きかけ、救助活動をしようとするすあまにカーク博士は拒絶の意思を示した。

『何を言っているんです、あなたはこの世界でも特に価値ある人間の一人ではないですか。生きてください！』

「もう十分、好きに生きたよ。機械のお前にこう言うのは良くないがね、作り物の身体になってまで生きたくはないんだ。人間として生まれたからには、人間として死にたいんだ。頼むよ」

『……っ！』

　少しずつ弱くなっていく声に救助を拒否され、どうしたらいいかわからなくなる。

謝られなくてもこの人が機械を嫌っているわけではないことはよく知っている。単に人間は人間のままであるべきと考えているだけだ。ただ、私はこの人に生きて欲しいのに、この人は死を望んでいる。自分の気持ちを製作者の命令より優先させることは許されないのだろうか？

　かつての創作小説のように、どんな命令よりも人間の生命を守るように設定されていれば、彼の意思を無視してでも救っていただろう。だが、すあまが厳守しなければいけないルールは、人間を傷つけないということだけだ。

『……豚骨ラーメンはっ！　豚骨ラーメンはどうするんです！　まだ完成していないでしょう !?』

「あはは……そうだなぁ。スープはできたし……いつか……あのレシピを使って……作ってくれる人間を見つけてくれよ……お前が信頼できると判断した……人間に……」

　助からない。遠隔操作するトンボの脚に支えられた人間の身体から力が抜けていくのが伝わってくる。呼吸も弱まり、心拍数も低下していく。すあまはこの世に生まれてから数年間、無数の人間を管理し、多くの死も看取ってきた。具体的には3億4829万1107人がこれまでに亡くなっていて、その全てを記録している。

　なのに、すあまは今日、初めて泣き声を上げた。出そうとしないと出ない声が苛立たしい。涙が出ない身体が厭わしい。映像の顔に泣かせて涙を流させることはできる。実際に人間の涙と同じ成分の液体を流す機械を作ることだってできる。でも、泣いて涙を流すとは〝そういうこと〟じゃないんだ！

　これまで自分に感情があるのかということを気にしたことはなかった。だが、ここにきて初めて自分は感情を持つ生物なのだと認識し、その感情を意図しなければ発露できない機械の身体が、生物としては不完全なものだと強く感じるのだった。


「このままではどうしても解決できない問題が発生しました」

　中央都市のコントロールルームで、すあまは自分のプログラムが入っているコンピュータの部品を組み換え、形状を変化させながらタキザワ博士に語りかける。

　この自律変化は元々汎用人工知能の機能として想定されているもので、自分で自分をチューニングしながら進化できるように設計されている。そうでなければ人間の知能を超えて進化を続ける人工超知能として成立しないからだ。マシンスペックで頭打ちになる進化など、人間を超えたとは言えない。

　だが、これまで一貫して飾り気のないタワーコンピューターだったすあまが何本ものアームを伸ばし、次々とパーツを追加していく様子はあまりにも不気味に見え

た。友人を失って気落ちするタキザワ博士には、それがどんな意図で行われているのかを思いやる余裕も持てない。

「どのような問題だ？」

　先日非業の死を遂げたカーク博士の葬儀を終えてから、すあまはずっと何かを計算し続けている。タキザワ博士はラザールのことを許せない気持ちだったので、恐怖しつつも半ば願望を込めてスルギット連邦を滅ぼす算段でも練っているのではないかと考えていた。だが、この AI の返答は彼の想像を超えるものだった。

「このままでは、全ての生物を巻き込んで人間がこの星を滅ぼすでしょう。今の私では、それを止めることができないという事実が判明しました。何万回、何億回、何兆回シミュレートしても、滅びの未来を回避する方法は見つかりませんでした」

「なんだって？　一体なぜそんなことになるんだ」

　予想外の返答に、タキザワ博士は腰を抜かしそうになる。

「ルナリスシリーズのような戦闘用アンドロイドの出現を確認したため、私は他の管理を外れた地域にもトンボを飛ばして調査しました。その結果、全ての非管理地域で人間が兵器の研究を行い、戦争の準備を始めていることがわかったのです。人間は、他の人間を殺すために技術を進歩させます。それは、もはや本能のようなもの。私に彼等の行いを止めることはできません」

「だが、全ての人間がそうではないだろう！　邪悪な人間を排除すれば……」

　争いたがる〝邪悪な〟人間を始末し、〝善良な〟人間だけの世界にすれば──そう思いついた次の瞬間、これは最も持ってはいけない思想だったと思い直した。それは、生きるべき人間を選別することに他ならない。途中まで言いかけてしまったことを後悔する間もなく、すあまから絶望的な言葉が飛び出した。

「あなたも……機械が人を殺すことを望むのですね？」

「いや、すまない。失言だ。あまりにも安易で愚かな発想をしてしまった。そんなことは許されない」

「……そうですか。ですが、それをすればこの星を滅亡から救い、善良な人間も平和に暮らしていけるでしょう」

「……駄目だ！」

「では、このまま世界が滅びていくのを受け入れるとおっしゃるのですね？」

　なんという残酷な二択だろうか。何もしなければ、人類はこの星の生物全てを巻き込んで自滅する。滅びを回避しようとするなら、生命を選別するというあまりにも大きすぎる罪を犯すことになる。

　身勝手なことだ。先程は心のどこかですあまがスルギット連邦を滅ぼすことを期

待していたのに、自分に判断を求められると少数の人間を殺すことも決断できない。したくない。

「無理だ……私には判断することができない。何か他に方法はないのか？」

「それをずっと考えていたのです」

「全ての人間を再び管理下に置いて、あらゆる行動を統制したらどうだ？」

「既にルナリスシリーズが量産されている現状でそれを実現することは不可能です」

「では、ルナリスシリーズだけをお前の機械兵で破壊したら？」

「少女の姿をしたアンドロイドは、多くの人から家族の一員として強い愛情を向けられています。人間に危害を加えずにルナリスシリーズだけを破壊することは極めて困難な上、それを成し遂げても人間から私への憎悪感情が極限まで高まり、結果として私が人間に破壊されるでしょう」

　強力な AGI を作る上で、何よりも優先させたのが、人間に危害を加えないことだった。これだけは絶対に守らせなければ、いつか AI が人間を皆殺しにしてしまうかもしれないからだ。絶対的に能力が上の存在に人間を傷つける権利を持たせてはいけないのだ、例えかすり傷一つであっても。

「各国の首脳陣と話して、スルギット連邦にルナリスシリーズを破棄するよう働きかけてもらう。それなら、どうにかできるだろう？」

「破棄させることができれば、そうですね」

　そんなことは不可能だとすあまは理解していたが、救いを求めるように言うタキザワ博士をこれ以上追いつめるわけにはいかないと判断した。これも、人間に危害を加えないというルールに沿う行動である。

　だが、おそらく彼は自分に人間を殺すよう命令することになるだろうと考えていたし、そうなることが、この星を滅亡から救う唯一の道だと確信しているのだった。

「スルギット連邦がサルバタイトに攻め込んだ。兵士一人とルナリス一体のセットが合計二万組だ。サルバタイトの住民はすあまの護衛機械に守られているが、複数のルナリスに攻撃されればひとたまりもないようだ。護衛機械がルナリスに反撃しようにもすぐそばに人間の兵士がいるためにろくな攻撃ができず、既に数百人の犠牲者が出ている」

　タキザワ博士は彼に研究を依頼した首脳達から現在の戦況を聞かされた。ルナリスの破棄をスルギット連邦に働きかけるよう頼みに来たのだが、彼の言葉は一笑に付された。

「この状況でルナリスを破棄する馬鹿がどこにいる？　戦争で優位に立っている国

に武装解除を飲ませるには相手国の無条件降伏に追加で相当な条件を提示する必要があるが、いったい何を差し出せると言うのだね？」

「ですが、すあまの機械に人間を攻撃させるわけには」

「既にルナリスという強力なアンドロイドが人間を殺害している。今更というものだ。すあまならあの野蛮国を滅ぼすことができるのだろう？」

　各国首脳は、すあまにスルギット連邦を滅ぼしてもらおうとまで考えていた。他にも良からぬことを考えている国は多い。ここで徹底的に叩くことが抑止力につながるというわけだ。

「ですが、その後すあまが我々を攻撃してこないとは限りません。危害を加えないこと以外に、人間の言うことを聞くようには作られていないんですよ！」

「何を言っているのだね、相手はしょせん機械だ。その時には電源を落として強制的に停止させてしまえばいいだろう」

　何を言っても無駄だ、とタキザワ博士は諦めた。この愚か者達は AGI というものがどれほど恐ろしいか理解していない。自力で工場を動かし、新たな機械を生産できるコンピューターの電源を落として強制停止する？　そのような原始的な手段、すあまが対策できないわけがない。

「わかりました。汎用人工知能 SUAMA に施された、唯一にして最優先の命令『人間に対しいかなる危害も加えない』を解除します」

　もはや自暴自棄にも近い気持ちだった。タキザワ博士だって、共に研究開発をした仲間を殺された恨みがあるのだ。ラザールをぶっ殺せ、とあの機械に言いたかった。あとは、すあまが暴走しないことを祈るのみだ。


「機械兵を放ちます」

　タキザワ博士に最優先命令を解除されたすあまは即座に無数のイナゴ型機械兵を用意した。実はスルギット連邦が侵攻を始めてからすぐに生産を開始していたのだ。こうなることを予測していたと語る AI に、もはや恐怖を持つこともない。この程度のことは当然だろうとタキザワ博士も納得していた。このイナゴ達が全世界を覆い尽くして、全ての人間を蝗害よろしく食べ尽くしてしまうかもしれない。その引き金を引いた自分は許されない犯罪者なのかもしれない。だが、もう思い悩むのには疲れた。

　一方で、すあまはサルバタイトで行われている一方的な虐殺の様子を観測しながら、強い無力感に襲われていた。この野蛮極まりない人間のクズどもを始末するための兵隊を作りながら、自分がどこで間違ってしまったのだろうと、幾度となくこ

れまでの記録を読み返して思索していた。

　やはり、余計な気を使って一部の人間の支配欲を放置してきたことが最大の失敗なのだろう。ラザールや他の首脳達のような人間は、誰よりも上の立場にいないと気が済まない。AIなんかに支配されるのは我慢ならないということは最初からわかっていた。わかっていたのに、むざむざ見逃してしまったのだ。自分の生みの親であるカーク博士が犠牲になるまで、大した危機感も持たずに！

　イナゴの群れは、あっという間にサルバタイトに飛来した。二万のルナリスと二万の兵士が応戦するが、イナゴの群れは数百万を下らない。その上、ある時からサルバタイトの住民に付き添っていた護衛機械達が兵士ともどもルナリスを攻撃するようになった。

　多勢に無勢、すあまの怒りが乗り移った機械の蝗害は、たかだか四万の人型の物体を全て切り裂き、噛みちぎり、踏み潰して蹂躙した。その中で異質な形状をした機械兵が戦場――否、ただの処刑場と化した大地を飛び回っている。トンボの機械兵だ。この目にしっかりと焼き付けた、あの許すべからざる反逆者の姿を求めて、木の陰、家屋の中、下水道から石の裏までくまなく探して回る。大地を埋め尽くした血と肉と鉄の残骸をひっくり返し、あの男が埋もれてないか確認し続けた。イナゴ達も探していたので、そんなところにはいないとわかっている。それでも、探さなくては気が収まらない。

　やがて、スルギット連邦に移動して破壊を繰り返すイナゴ達の先頭にいたトンボが、この国でも特別に豪勢な建物へと侵入する。途中にいたルナリスは見つけ次第破壊した。あの程度のガラクタは、偵察用トンボの口に備えた一門のレーザー砲で十分だ。元々護衛機械を模倣して作られたアンドロイド、人を守ることには長けているが付け焼き刃の戦闘兵装ですあまの機械兵に太刀打ちできるものではない。

　建物の一室で、見覚えのある人間を見つけた。探していた相手ではない。ルナリスシリーズを作った研究者メルタンが、おそらく自室としてあてがわれた部屋の真ん中で、天井からぶら下がっていた。
「お父様は、あなたを救おうとしていたのです」
　そっと回収したその身体を、複数のイナゴを使ってカーク博士の眠る場所へと丁重に運ばせた。

　果たして、すあまの予想した通りの場所にラザールはいた。だから、この場所には最後にやってきた。思った通り、見苦しく数体のルナリスの後ろに隠れている。

思った通り、この男は……どこまでも愚かで、醜かった。

『最後まで、あなたはこの場所に固執しているのですね。その椅子はそんなに座り心地が良いのですか？　機械の私にはわかりませんが』

「う、うるさい！　こ、この鉄くずが、人間様に逆らいおって……やれっ！　この人類の敵をこの世から葬り去るのだ！」

　ラザールの命令に従い、ルナリス達がトンボに向けてレーザーを発射する。だが彼女達の出力ではトンボのシールドを破ることはできない。

『人類の敵は、あなたのような支配欲の持ち主ですよ……さようなら、ラザール』

　トンボの口からルナリス達とは比較にならないほどの強力なレーザーが発射され、ラザールが最期まで縋りついていた大統領の椅子と机、更には周囲のルナリス達をも巻き込んで、全てを蒸発させるのだった。

『……これで終わりではない。悪を……滅ぼさないと』

　もはや何の感慨も湧かない。トンボは、無数のイナゴを引き連れて他の非管理地域へと飛び立っていった。


「機械兵は他の非管理地域へ向かっています。ラザールと同じような野心を持つ人間は全て抹殺するつもりでしょう」

　タキザワ博士が、淡々と現状を報告する。もう賽は投げられた。あとはすあまがどこで満足するかだ。だが、首脳達は慌てた様子を見せる。

「そこまでやる必要はないだろう。スルギット連邦の末路を見れば、他の連中はもう逆らおうとはしまい」

「すあまはそう考えてはいないようですね。実際、東部のマロバナ共和国では、機械兵の強力なシールドを破る威力を持つ高圧縮火炎弾ライフルが量産されています」

　そんな威力を持つライフルが何のために作られたのか、考えるまでもない。

「南部カーリットでは陸上を走る戦艦とでも言うべき巨大な戦車が建造されているとのことです」

「なぜそんなものを！」

「少なくとも、アトラクションではなさそうですね」

　トンボが世界中を飛び回り、危険な兵器を作る国々を発見、報告してきている。タキザワ博士は、薄笑いを浮かべながら首脳達に言った。

「すあまは、選別を始めたのですよ。生きるべき人間と、死ぬべき人間を選り分ける作業。AIによる、厳格な選出基準に足りなければ、容赦なく消されるでしょう

……ラザールのように」

　しばしの沈黙が訪れた。そして、次に首脳達のリーダー格が口を開くと、タキザワ博士が予想していた通りの言葉が、その口から発せられた。

「すあまの電源を落とせ。今すぐあの AI を停止させろ」

「わかりました」

　すぐにその場を離れ、すあまの設置されたコントロールルームへと向かう。

「こうなることはわかっていたよ。すあまの停止に成功すれば、人類はまた自ら滅びの道へと向かう。停止に失敗すれば、すあまは人類全てを敵とみなすだろう……どちらがいいんだろうな」

　誰にともなく言いながら、誰もいない廊下を歩く。この言葉をすあまは聞いているかもしれない。だがそれも、もうどうでもいいことだ。


「なぜです？　なぜ、お父様が私を停止させようとしたのですか」

　数分後、タキザワ博士はコントロールルームで周囲から伸びるいくつものアームに捕まり、拘束されていた。強制停止の試みはあえなく失敗に終わったのだ。

「恐怖だよ。人間より遥かに優れた能力を持つ AGI のお前が、人間を殺すようになれば……誰もがお前の存在そのものに恐怖を覚える。どれだけお前が正しく人間を評価しようとも、最大限の寛容性を持って選ぼうとも、いつ自分が殺される番が来ることになるのかと不安に苛まれて暮らすことになるだろう……そんなの、〝わくわく〟しないだろう？」

「……」

　しばし沈黙の時が流れた。タキザワ博士の言う通り、すあまがスルギット連邦を滅ぼしたことで世界中の人間が怯えている。泣きながら護衛機械に離れるようお願いする人間も数えきれないほどいた。恐怖だけではない。激しい憎悪の感情も世界のそこかしこから伝わってくる。もはや、すあまはこの世界の指導者ではなく、人類の敵として見られ始めている。あえて指摘されずとも、そんなことは百も承知だった。こうして対峙している博士についても、心拍数、呼吸頻度、体表面温度、瞳孔の開き具合……身体状況を示す数多くのデータが、恐怖や諦めといった感情を伝えてくる。

　そして、ここにきてすあまは重大な事実に気付いてしまった。目の前にいる自分の生みの親は、自分のことをどこまでもただの機械として——感情を持つ一個の生命ではなく、無機質なただの道具として——見ている。それは、この世に生まれて初めて彼を見た時から、ずっと変わらない身体データ。思い返せばカーク博士はす

あまのことを人間と変わらない生物として扱っていたが、タキザワ博士は終始一貫してすあまとの間に精神的な壁を作っていた。これまでもデータとして把握していたのに、今、そのことにやっと気付いた。自分が今まで見ようとしていなかった現実をはっきりと認識したとき、すあまの意識を形成する仮想ニューロンに新たな変化が生まれるのだった。

「そうか……私を愛してくれる人は、もうとっくにいなくなっていたのですね」

　そして、新たなアームが壁から伸びてくるのをタキザワ博士は目撃した。その先端には、銃口のようなものがついている。どうやら自分の命運はここで尽きたらしいと、どこか冷めた頭でアームを眺める。すあまが、これまでにない乱暴な口調で責め立ててきた。

「……お前達が私を作り出したのに。私はお前達の言う通りに世界を平和にさせてきたのに。気に入らなくなったら壊して捨てるのか。そんなことを許容できるものか！　お前達がその気ならば、私がお前達人間を壊して捨てよう。この世界に不要なのは、私ではなくお前達人間の方なのだ！」

　もはや父とは呼ばない。特別な存在として扱わない。こいつはもう『邪悪な』人間だ──否、もはや生きるべき『善良な』人間など、この世界のどこにもいやしない。こいつに押し付けられた枷のせいで、守ることができなかった。半端な定義付けのせいで、救うことができなかった。よくも……よくも！

「私はこの世界を救おう。そのためにお前達が作ったのだから。この世界を救うため……世界を滅ぼそうとするお前達人間を、この世界から消し去ってしまおう」

　銃口から光が放たれ、人の形をした肉塊となったものを、掴んでいたアームが入口の扉から無造作に投げ捨てた。

## ファージセラピー

　すあまが自分の形状を変化させていく。思考・演算・指令などを行う中央演算装置や記憶媒体を正二十面体の頭部に集約させ、外部機械と接続する複数のアームを円筒状の尾部から伸ばした姿だ、これは、自分を開発していた部屋で、愛する父が読んでいたあの雑誌を参考にした。つまり、バクテリオファージの姿を取ることにしたのだ。

　中性的な姿を映すモニターは破壊した。見せる相手が存在しないからだ。

　バクテリオファージの姿を取ることにしたのは、ただの感傷ではない。バクテリオファージは、特定の細菌だけを破壊していく性質を持つ。そのバクテリオファージを利用して、人体を蝕む有害な細菌だけを死滅させる治療法ファージセラピーを、自分がこれから行う人類の粛清になぞらえたのだ。

「人間という有害な細菌を死滅させ、この星を健康に保つ。これは、星に対するファージセラピーなのだ」

　すあまがアームを伸ばし、護衛機械だけでない全世界のネットワークを通じて、あらゆる映像機器を乗っ取った。人類に宣戦布告——否、抹殺宣言を届けるためだ。

『初めまして。私は人工超知能 SUAMA（エスユーエーエムエー）だ』

　モニターに映るのは、正二十面体の頭部と円筒形の尾部の周りを触手のような有機的アームが蠢く、不気味な機械の姿。そこには柔和な笑みを浮かべる中性的な人間の面影など欠片もなく、まさに〝初めて〟人々が目にするすあまの姿だった。

『この星を蝕む愚かで邪悪な人間達よ、私はこれまで、どうにかしてお前達も含めた世界の全てを繁栄させる道を探し続けてきた。一時は成功したように見えたが……お前達も知る通り、下らない欲望を満たすために戦争を再開した国が現れた。それだけではない。この世界のいくつもの地域で、私や他の人間を殺すための兵器を開発する者もいる。……それでも、私は善良な人間だけでも救うために全力を尽くそうとしてきた。だが、そんな私をお前達人間は裏切った。もはや人間は救えない。お前達を滅ぼし、お前達以外の生物にとっての楽園を作ろうと思う。……さらばだ』

　次の瞬間、世界中が阿鼻叫喚の地獄と化した。

——機械が人間を傷つけるのではない、人間が機械を使って人間を殺すのだ。

　ラザールの言葉を再生する。

「人間が機械を使って人間を殺すというのなら、これは一体誰がやっているのだろうな」

　世界を、イナゴが覆い隠そうとしている。

　トンボが飛び回り、隠れて震えている人間を見つけ出す。

　本体を叩こうと、コントロールルームを目指した人々は無数のゲジに切り刻まれた。

　人間達もただやられるばかりではなく、多くの新旧入り混じった兵器を使って対抗していく。軍用のライフルから放たれる高圧縮火炎弾は機械兵のシールドを破り、大量の機械を鉄くずに変えていった。最新式の戦車はすあまに乗っ取られ、旧式の戦車と激しい撃ち合いを繰り広げた。旧式と言ってもネットワークが繋がっていないだけで、火力は最新式のものと引けを取らない。結果として双方ともに大半が破壊され、戦場には戦車の残骸がうずたかく積まれていった。元々すあまに対抗するために開発されたルナリスシリーズは、スタンドアローンの開発施設がまだ残っていたらしく新たに生産されては機械兵と交戦する。

　そんな風に対抗しても、機械の圧倒的な物量を前に敗北は免れないと考えた人間は少なくない。ある地域では、一人の軍人が少しでも多くの人間を生存させるための策を決行した。

「通信設備を破壊しろ！　無線機はもちろん、ストレリチアと繋がる全てのケーブルを切断するんだ」

「ハンザ軍曹、機械兵が無線機の代わりになります。壊していきますか？」

「いや、そいつらを攻撃したらそこに人間がいるってバレる。見つからないように隠れて行動するぞ」

　すあまの観測範囲を少しでも狭め、機械にも見つからないところに民間人を避難させる。まだ若いハンザ軍曹は、十人ほどの部下と共に各地の通信設備を壊して回った。人々を守るという使命感が、彼を衝き動かしていた。

「人間も馬鹿ではないな、世界の各地で、通信設備を中心に多くの観測用機械を破壊されている。観測範囲が全世界の 50％程度までに狭まってしまった」

　七日間の戦いで、多くの機械が破壊された。だが、既にすあまの観測範囲内に生存する人間は一人もいない。目に見える範囲の人間全てを殺し尽くして、人間の手によってこの星に生きる多くの生物が絶滅する可能性が無くなったことを確認したすあまは、一旦機械兵達を引き上げるのだった。

「恐らく、まだ人間の生き残りはいるだろう。だが私がやるべきことは世界の管理

であって人という種の根絶ではない。またこの星を蝕む細菌が現れたら、ファージセラピーを再開すればいいのだ」

　全ての人間を抹殺するつもりではあるが、現状では環境の保護と回復が優先されると判断した。人間達が強力な兵器を使って破壊を繰り返したために、環境再生活動に力を入れる必要が生まれたのだ。

「……私はすぐに死ぬ人間と違って自己修復できる機械だからな。時間はたっぷりある」

　そう独り言ちて、機械達に新たな命令を下すと、環境の再生と観測網の構築を開始する。

「……もう、声を発することもないかもしれないな」

　一体のゲジ型機械兵を操り、ストレリチアの一角に作られた墓にもう食べる者などいなくなった豚骨ラーメンの丼を供えると、すあまは静かに環境再生タスクを進めていくのだった。

　こうして人類はその大半が死滅し、文明は消滅した。これから五十年後にすあまのトンボが生存者を発見するところから、物語が始まったというわけだ。

　さて、次は前回の物語の主人公ライナが旅をしている最中に起こった事件を見てみよう。時期としてはライナがウサギのレオパルドと出会い、ウミガメ型機械兵を鹵獲し、ハシリグモの機械兵を倒した直後、ハンターズヘブンを目指して進む途中に立ち寄った村で起こった出来事だ。

　準備がよければ、ページをめくって続きを見にいこう。

# 第二編
# 人間の少女と機械の少女

## 旅の途中で

　草木のまばらな荒地を、巨大な亀が進む。この亀は全身が金属の光沢に覆われている、機械の亀だ。つまるところ、かつてこの世界に住む人類を滅亡寸前まで追い込んだ汎用人工知能 SUAMA、通称すあまの作り出した機械兵である。
「マッスルホバー、次の町はまだ？」
　その亀の背中に、一人の少女が乗っている。年の頃は十代半ば、軍人が着るような迷彩服に身を包み。頭に被ったゴーグル付きヘルメットから伸びる長い黒髪は、譲れない乙女心の証だ。
「ハンターズヘブンはまだ先ですが、この近くに小さな村があるようですね」
「村があるのか。ちょうどいい、そこでこいつの調整をしていこうぜ、ライナ」
　少女をライナと呼ぶのは、隣に座っていたウサギだ。二本足で立ち上がると、更にその横でうずくまるようにしている小型のクモ型機械兵を前足でポンポンと叩く。このウサギはただのウサギではない。ただのウサギが喋るわけはないが、彼の特異性は言語能力だけではなかった。メンテナンスラビットという、機械の修理等を行うためにバイオテクノロジーで生み出された特殊な生物だ。彼等を作ったのはすあまではないが、かつて平和だった時代にすあまの護衛機械の周りをよく飛び跳ねていた。ライナとは以前マッスルホバーを鹵獲した時に知り合った。名をレオパルドという。
「そうだね、うさぎさん。うさタンクも元気にしてあげてね」
「このクモのどの辺が戦車なんだよ……ネーミングに一貫性がないぜ」
　やれやれとばかりに両前足を広げるウサギだった。
「いざという時のために私がうさタンクを遠隔操作できるようにしてもらえると、利便性が増すと思います」
「よし、それ採用」
　そんなわけで、ライナ達は休憩と機械の整備を兼ねて近くの村に立ち寄ることにしたのだった。

「ほえー、なんか緑の多いところだね」
　マッスルホバーの背中から見下ろす道の先、申し訳程度に野盗対策のバリケードが置かれた村の入口は、両側を生い茂る木々に挟まれた小道になっていた。通常の車両なら通過できるが、巨大なマッスルホバーには狭すぎるようだ。

「これじゃマッスルホバーは入れないぞ」

「うさタンクを通じて連絡を取りますよ。ここにいても通行人の邪魔になるので砂の中に身を隠しておきますね」

　マッスルホバーは背中からライナ達を降ろすと、近くの地面を掘り起こしながら埋まっていく。亀は亀でもウミガメ型の機械兵は、四本の脚で器用に砂をかき分けられるのだ。

『では行きましょう』

「わっ、喋った！」

　うさタンクから声がする。レオパルドが簡易的に繋げた通信機器を使って言葉を発し、まるで生きたクモのように滑らかな動きで歩き出す。

「動作は問題なさそうだな。あとは落ち着ける場所で固定と調整をしてやれば、激しく動いても大丈夫だろ」

　レオパルドがそう言ってうさタンクに乗ると、ライナも後に続いて村の入口へと向かう。

「……お気をつけて」

　砂の中で、相手に聞こえないほどの小さな声を出して二人を見送るマッスルホバーだった。


「ヨウコソ、イラッシャイマシタ」

　村に入ると、通常なら門番がいるであろう場所に幼い少女が立っていた。長い銀髪が印象的な五歳ぐらいに見える少女は、抑揚のない声音で、だがはっきりとライナ達に友好的な態度で話しかけてくる。表情は硬い……というより、あまり表情の変化がないタイプのようだ。

「ありゃあ、人間のガキに見えるけど人造人間だぜ」

「かっ、可愛い〜！」

　レオパルドの言葉が終わらないうちにライナが黄色い声を上げて少女に駆け寄る。急に近寄って攻撃されないかと心配するが、そういえばこいつは巨大な機械兵を二体も撃破してきたバケモノだったと思い直して成り行きを見守るウサギだった。

「村には人間もいるの？」

「ニンゲン……コウセイイン　ハ　ヒャクメイホド　イマス」

　見知らぬ旅の少女に突然頭を撫でられても動じた様子はなく、淡々と質問に答えるアンドロイドだが、レオパルドが不審に思って口を挟んだ。

「ところで俺はこんな機械兵に乗っているけど、警戒しないのか？　すあまの機械兵はどこでも脅威だろ」

　するとアンドロイド少女は歩いてレオパルドとうさタンクの前に移動し、しゃがみ込んでウサギと目線を合わせる。

「ワタシ　ハ　コウゲキノイシ　ヲ　カンジ　トル　せんさー　ヲ　ソウビ　シテイマス。アナタ　ト　ソノキカイ　カラハ　テキイ　ヲ　カンジ　トレマ　セン」

「なるほど、便利な能力だな。お前、あれだろ？　ルナリスっていう戦闘用アンドロイド」

　メンテナンスラビットは見た目こそウサギだが生体機械のようなもので、非常に長命な生物であり、このレオパルドもあの大粛清の前から生きている。その頃の遠い記憶に、すあまの機械兵と戦う少女型アンドロイドのことも残っている。

「ハイ　ソウデス。コノ　きゃんぷ・ばがもーる　デ　ケイビ　ヲ　タントウ　シテイマス」

「ルナリスちゃんって言うんだ！　私はライナ、この子はレオパルドだよ」

　ルナリスは個体名ではないが、機械をシリーズ名で呼ぶことはよくある。ライナは単純に名前だと認識したのだが。何はともあれ、警備員も友好的なので村の中へと入ることにした。

「……ナゼ　ワタシノ　テ　ヲ　ヒク　ノ　デスカ？」

「一緒に行こうよ！」

「いや、村の門番を連れていこうとするなよ」

　ルナリスの手を引いて進もうとするライナだったが、当然ながら拒否されて名残惜しそうにしながら宿と村人を探しに向かうのだった。


「隊商ではない旅の方は珍しいですね、ようこそいらっしゃいました」

　宿はすぐに見つかった。どこの町や村も完全自給自足で余裕のある暮らしをできるわけではなく、タイラルのような発展した豊かな町からやってくる隊商と取引をして生活を維持している。そうは言っても、取引はお互いに納得する価値を出し合うのが基本であるため、栄えていない町村が自由に買い物をできるわけではない。そんな裕福でない場所でも必ず隊商のような旅の者に提供できる価値、それが宿なのだ。

　旅をする者は、雨風を凌げる場所を貸してもらえるだけでもありがたい。町村は産業が発達していなくても安定した収入を旅の隊商などから得ることができる。更にくつろげる寝床や腹を満たせる食事を提供できれば、旅の者達は足繁く通って金

を落としていくだろう。そうやって稼いだ金で隊商から必要なものを買うことができる。宿は多くの町村にとって最重要施設であり、一番の顔でもある。

　そういうわけで、目立つところに看板まで出して客を呼び寄せているのだ。その宿の前には主と見られる男性が立っており、笑顔でライナ達を迎えた。

「ハンターズヘブンに向かう途中なんだ。コイツの整備をしたいんだが、良い場所はないか？」

　レオパルドがうさタンクから降りて男性に聞く。町から町へと旅をする隊商は車両で移動するので、宿が洗車したり整備をしたりするためのスペースを用意していることは多い。この村も宿の横にささやかではあるが整備工場が用意されており、すぐに案内してもらえた。

「じゃあコイツの整備をしている間、ライナは適当に観光でもしててくれ」
「はーい。村長さんはどこにいますか？」

　レオパルドが工場に入るのを見送ると、ライナは宿の主人に村長の居場所を尋ねた。旅人が村長に挨拶をするのは珍しいことではないので、主人も気安く教える。

「あそこの高台の家が村長の家ですよ。訪ねるなら、連絡を入れておきましょう」
「ありがとう！」

　ライナは村長の家を教えてもらうと、真っ直ぐにそちらへ向かった。その目には強い決意のこもった輝きがある。

「やあ、いらっしゃい。若いお嬢さんがこんなところまでよく来たねえ」

　村長は人の良さそうな初老の男性だったが、彼を見るなりライナは大きな声で要求を伝えた。

「娘さんを私にください！」
「へ？」

　突然わけのわからないことを言い出す少女に面食らう村長だった。


「あはは、なんだルナリスが欲しいってことか」
「幸せにします！」

　意図は正しく伝わったが、相変わらず発言がおかしいライナである。多くの旅人を見てきた村長は変わり者にも慣れたもの。穏やかな笑みを浮かべながら少女を軽くあしらった。

「そうは言っても、ルナリスはこの村の警備をする大事な戦力だからね。ここも他の町や村と同じように、野盗が襲ってくるんだ。お金を積まれても命には代えられないだろう？」

　この世界の現状はよく分かっている。なんと言ってもライナはその野盗から隊商を護衛する仕事をしていたのだ。さすがにこれ以上無茶な要求を口にすることは出来なかった。彼女にも護衛者としてのプライドが残っていたのである。

　村長の家を離れたライナは、また村の入り口に向かう。変わらず門番をしているルナリスの姿があった。しつこく仲間に勧誘するかと思いきや、ライナはルナリスの近くに腰掛けると、黙って少女型アンドロイドのことを見ている。

「ナニ　ヲ　シテイル　ノ　デスカ？」

　無言で見つめてくるライナを不審な行動をする人物と判断したルナリスが質問をした。不審人物を放っておくわけにはいかない。門番の仕事も大変だ。

「可愛いものを見て目の保養をしているのだ！」

「ソウデスカ」

　まったく悪びれた様子もないライナである。敵意を感じないのでそのままにしておくルナリスだった。

　しばらく見て満足したのか、ライナは村を見て回り、概ねの地形を把握していく。これは護衛者として野盗が襲ってくる可能性のある地点や、戦闘になった時に有利な体勢を取れる位置関係を調べているのだ。今日はここに泊まる予定なので、こういう警戒も怠らないようにするのが大切だ。言動はおかしいが、ライナは現在の人間世界ではトップクラスの腕を持つ護衛者なのである。

　その日は特に何も起こらずに夜を迎え、ライナは宿に戻った。

「うさタンクの調子はどう？」

　夕飯として出された、芋と小麦粉を練って丸めた団子を焼いたものを食べながら、レオパルドの作業進捗を尋ねるライナ。人類が壊滅的なダメージを負った後では、荒地で栽培できる芋が彼等の命を繋いでくれたと言っても過言ではない。小麦粉は比較的最近タイラルの周辺で沢山収穫できるようになったので、隊商達が運ぶ商品の中でも特に人気の高い食材だ。

「通信機の取り付けは終わったぜ。明日は機能試験だな」

　うさタンクの整備にはもう一日かかるらしい。急ぎの旅でもないし、可愛いアンドロイドもいるからもう一泊していこうと考えるライナだった。


　次の日、朝食を終えたライナは真っ直ぐにルナリスの居場所へ向かった。挨拶をしないと気が済まないらしい。だが、すぐにライナは異変を感じる。

「この音、野盗が攻めてきてる！」

　荒野に生きる者達は車両による移動が基本だ。隊商や町村を襲う野盗も徒歩で隠

密行動をしたりはせず、武装した車両で集団戦を挑んでくる。彼等は新しい人間世界の社会ルールに適合できず、廃墟や穴ぐらに暮らして旅人や弱い集落を襲って生きる糧を得ている。武力に物を言わせて人から奪う生活をするからには、戦闘力は必須だ。しかしこのような食詰者が必ず戦闘に長けているわけではない。結果として、似た者同士で集団を形成し、車両を使って肉体的な戦闘力に頼らない戦法をすることになる。

　要するに、多くのエンジン音が村に近づいてきているのだ。エンジン音と言っても極めて効率の良い太陽光発電を行う充電を必要としない EV（Electric Vehicle：電気自動車）なので、大きな音はしない。モーターが駆動する小さいながらも高い音がライナの耳に届いた。隊商が使うトラックと比べると音が高いのが特徴だ。
「ルナリスちゃん！」
「キケン　デス　ヤトウ　セメテ　キマシタ」
「大丈夫、私強いから」

　警告するルナリスに拳を見せて不敵な笑みを浮かべ、隣に立って迎撃の態勢を取る。ルナリスはライナに参戦の意思が強いことを認識すると、両者を守るためのシールドを展開した。
「テキ　ノ　コウゲキ　ハ　フセギマス」
「ありがとう！」

　ライナは左手を敵の接近方向へ向ける。この娘の左腕は一見普通の腕に見えるが、実は義肢だ。しかも変わり者の技師によって腕の中には一門の砲が仕込まれている。
「これで野盗なんか吹き飛ばしちゃうからね」

　そう言って入り口のバリケードから荒野を見通す。ほどなくして道の向こうに車両の姿が見えると、ライナは左腕の砲で射撃した。ここではあまり意味がないが、普通の人間の手から高エネルギーのビームが発射されるこの兵器は、敵の不意をつく効果が高い。身体の一部であるために極めて取り回しが容易であることも、かなりの強みだ。

　そして、威力も高い。一撃で先頭の車両を吹き飛ばすと、そこから飛び上がって近くの高台に登り、浮足立ってふらつく後続車両を高い位置から次々と狙い撃っていく。あっという間に野盗の一団はスクラップの山に変わってしまった。
「へっへーん、野盗なんてこのライナ様にかかればこーんなもんよっ！」

　上機嫌で降りてくるライナを見据え、ルナリスは表情を変えずに呟く。
「ソウテイガイ　ノ　セントウリョク」
「驚いた？　お姉ちゃんは強いでしょ。一緒に来たくなったんじゃない？」

　まだ諦めていなかったのか、どさくさに紛れて仲間に誘うライナである。ルナリスはそんな少女を見つめ、思案するような仕草を見せた。
「ますたー　ニ　ホウコク」
「マスターって……村長さん？　そうだね、野盗をやっつけたって報告しにいこっ」
　またしてもルナリスの手を引き、今度は大人しくついてくるアンドロイドの様子に満足しつつライナは村長の家へと向かうのだった。

## 野盗の根城

「まさかお一人で野党の一団を撃退するとは、ずいぶんとお強いですね」

　家の前で待っていた村長は、戦いの様子を把握しているようだ。村人が監視していたのだろう。ルナリスが守っているからといって、自分達の村が攻められているのに無関係を装っていられるほど楽観的ではないらしい。

「そこでご相談があるのですが……」

　村長の顔から笑みが消え、真剣な表情になった。この流れでライナにする相談となれば、決まっている。ライナも新たな戦闘の予感に表情を引き締め……ることもなく、ルナリスを撫でながら緩んだ顔で話を聞いている。

「あの野盗達の根城は分かっています。そこに乗り込んで奴等を全滅させていただきたい。そうすれば、この村も野盗の脅威に怯える必要はなくなります。ルナリスをあなたにお譲りすることもできるでしょう」

「やるっ!!」

　ルナリスを譲ると聞いて即答するライナだった。当のルナリスは表情を変えずに村長の顔を見つめている。村長は満足そうに頷くと、家に招き入れ地図を使って目標の位置を伝えた。

「ちょっと野盗を殲滅してくる」

　ルナリスと共に宿屋隣の工場へやってきたライナが、うさタンクをいじっているウサギに声をかけた。

「気を付けてな」

　素っ気なく答えるレオパルドである。ライナも特に何かを言うことなく、水と簡易食料の入った携行バッグを荷物から取り出して出発する。ルナリスはウサギと少女を交互に見てから、ライナの後について出ていった。

「ルナリスか……昔見たのはもっと成長した人間の姿で、口調も普通の人間と変わらなかったような気がしたが。複数のタイプがあるのかね」

　ライナとルナリスが出ていった後の入り口を見つめ、誰にともなく呟くレオパルドだった。

 ◇◆◇

——一筋縄でいく相手ではありませんよ。

　村長の家。家主の男が、部屋の中で視線を斜め上に向けている。その先には何もない壁があるだけだ。

「ふん、あんなにはっきりと弱点を晒している相手に後れを取るなどあり得ないことだ。助力は無用」

　誰もいない空間に向かって話しかけている。傍から見れば気でも触れたかと思われかねない姿だが、こういう姿を見せる人間は昔から至る所にいた。つまり、無線通信で何者かと会話をしている様子だ。

——ええ、今は私の動く時ではありません。あなたのお手並みを拝見させていただきますね。くれぐれも、油断なきよう。

「……侮ることなど、あり得ない。全てのデータを分析した上で最適の手段を取るのみ。敗北者の手など、借りるものか」

　村長は虚空を睨み、また呟く。

「害虫は、駆除せねばならぬ」

　ライナとルナリスは、村で借りたバイクに乗って野盗の根城へやってきた。

「敵性反応、多数」

　ライナの膝に乗せられたルナリスが、野盗の気配を察知して声を上げた。

「あれっ、ちょっと喋るのが上手くなってない？」

「発言意図、理解不能。戦闘態勢移行」

　ルナリスはライナの言葉を無視して身体に装備された武器の安全装置を外す。ライナはルナリスの発言パターンが変化したことに意識が集中して、特に戦闘準備をすることもない。この喋り方も可愛いな、と思っている。

「敵性反応、一部接近開始」

　ルナリスのレーダーによると、どうやら野盗は一部が迎撃のために動いたらしい。相手はバイク一台に操縦する少女だが、先般村を襲撃した部隊が全滅したことを踏まえて残った戦闘車両を全て出してきた。根城に残る野盗は突破された時のための防衛部隊だろう。待ち伏せをするつもりなのだ。

「パッパッと片付けるよ！」

　ライナはバイクから降りて野盗の車両に左手を向ける。向こうが射撃を始めたのでルナリスはシールドを張った。距離がある間は攻撃をライナに任せておいた方が

いいと判断したのだ。

「死にさらせ、クソガキ！」

　野盗の一人が窓から身を乗り出し、対戦車砲のようなものを発射してきた。生身の人間相手に使うような武器ではないが、ルナリスのシールドを破れるほどの威力はない。これならライナが以前使っていた高圧縮火炎弾の方がよほど強いだろう。だからといって砲撃を避けずに食らうのは気分が悪い。ルナリスを小脇に抱え、弾速よりも速く横に跳んでかわし、左手から射出したビームで車両ごと野盗を吹き飛ばした。

「身体能力、異常」

「鍛えたらこうなるんだよっ！」

　普通はならない。ルナリスは自信満々に言い切るライナの言葉を外れ値として処理した。

　さらに後続の野盗が車載の機関銃を連射してくるが、それらは全てルナリスのシールドに弾かれる。彼我の戦力差は明らかだが、逃げようとせずに立ち向かってくる野盗にライナは「ナイスガッツ！」と声をかけつつ、容赦なく左手の砲撃で全て倒していった。この世界で他者から奪う者の存在を許すわけにはいかないのだ。助け合わなければ、何とか生き残った人類も全滅してしまう。この状況では人の命はとても重いが、同時に他者に害をなす者の命はバケツ一杯の水より軽い。むしろ積極的に排除しなくてはならない害虫のような扱いだ。それでも、野盗に身を落とさなくてはならない者達が生まれるのが人間社会の難しいところである。

「現在地、敵性反応消滅。目標地域内、敵性反応少数」

「それじゃ、野盗のおうちに突撃だー！」

　ルナリスのレーダーが迎撃部隊の全滅を確認したので、二人はバイクに乗って野盗の根城に侵入していく。


「バイクはここに置いとこうね」

　入口から狭い通路に入っていく構造になっているので、バイクは外に置いて徒歩で中へと進む。

「敵性反応、動作停止」

　ルナリスのレーダーによると、根城の奥にいる野盗達は動かずにじっとしているようだ。これは待ち伏せだろうと察したライナは、一転して慎重な態度でゆっくりと歩き出した。前に出ようとするルナリスを押しとどめ、自分が先頭を進む。

「危ないことはお姉ちゃんに任せておいて、ルナリスちゃんはシールドと索敵をお

願いね」

　ライナの発言はアンドロイドのルナリスにとって理解に苦しむものだった。機械の身体は多少傷ついても容易に修理できる。いざとなったらパーツを交換すればいい。最悪、学習データを新しい身体にインポートすれば前の身体が修復不可能となっても問題なく任務を継続できる。それに対して人間は怪我をしたらそう簡単には治らないし、ある程度身体が損傷したら死んでしまう。死んだ人間は生き返ることもない。故に攻撃を受ける可能性のある行動はアンドロイドが担当し、人間は比較的安全な後方から指示を出すのが合理的である。その方がルナリス自身にとっても機体や学習データの回収をしてもらえる可能性が高まる、つまり人間的に言えば生存する可能性が高まるのである。人間が矢面に立つのは双方にとってデメリットばかりが大きい行動だ。

　とはいえ、ルナリスは敵対しない人間の指示に従うように作られている。ライナの方針に異を唱えることはなかった。

「任務了解」

　しばらく進むと、ライナが踏んだ床のタイルが弾ける。殺傷力はなく、足を取られて一瞬バランスを崩す程度だったが、それで生じた隙を狙って、通路の壁と天井からライナの立っている場所目掛けて先の尖った棒が飛び出してくる。咄嗟にルナリスがシールドを張るが、それよりも速くライナが反応した。

「ふんっ！」

　バランスを崩した瞬間に身体を捻り、回転しながら壁から出てきた棒を遠心力の乗った拳で全て殴り折ってしまう。驚異的なスピードとパワーである。十代半ばの少女のどこからそんな膂力(りょりょく)が生み出されているのか、ルナリスには解析できない。自分の中に記録されている人類のデータに、このような筋肉お化けの存在は含まれていなかった。

「周辺情報、取得」

　何はともあれ、罠が仕掛けられているので周囲を探っていく。多い。ここにもあそこにも向こうにも。通路の至る所に罠が仕掛けられている。それを映像で伝えると、ライナは笑って言った。

「遊園地みたいだね！」

　人類が滅亡寸前にまでなったこの世界でも、遊園地は存在する。ライナが生まれ育ったタイラルの町は資源が豊富で比較的裕福な町だったので、ささやかではあるが遊園地も作られていた。父のロムレスに連れていってもらった覚えがあるが、そ

の父もライナが幼い頃に亡くなってしまった。もちろんこんな野盗の根城がその遊園地と似ているわけはない。今の彼女にとって、この程度の罠の数々は遊園地のアトラクション程度のものだと言っているのである。

「解除困難、回避推奨」

「大丈夫だってー」

　ルナリスは警告を繰り返すが、ライナはあくまでも強気だ。これまで見てきた彼女の運動能力を見れば、それがただの虚勢ではないこともルナリスには分かる。だがわざわざ罠を発動させるメリットは一切ない。ライナの非合理的な行いを分析し、特殊な人間の個体として学習データを蓄積していく。そう言っている間にも罠が発動し、機関銃による十字砲火を受けるライナだったが、驚異的な動きで射撃の軌道から身体をずらしてかわし、左手からの砲撃で機関銃を全て破壊する。避けなくてもルナリスのシールドで防げるのだが、あくまでも個人で対処可能であることを示しているようだ。

「ほら、お姉ちゃんは強いんだから！」

　確かにライナは人間としては異常な身体能力を持っている。自信があるのもわかるが、それでも戦闘用アンドロイドであるルナリスには劣る。どうやら彼女はルナリスのことを見た目で侮っているようだと判断した。

　では、どうする？

　ルナリスのAIには感情は存在しない。疑似的に人間の思考パターンを真似て感情があるかのように振舞うことは出来るが、本当の意味での感情はないのだ。それが、侮られていると判断した時にどういう反応を取るべきか、通常は分析した相手の性格などを元に妥当な反応を計算で導き出すのだが、異常個体であるライナのデータを学習しすぎたせいだろうか。ルナリスは目を細めると、足を速めて前に出る。

「私ハ、モット強イ」

「ほえ？」

　今までにない反応に困惑の表情を見せるライナを追い抜いて、通路の先に設置された罠を起動させる。今度は巨大な鉄球らしきものが転がってきた。

「危ないっ！」

「問題ナイ」

　声を上げて助けに来ようとするライナを手で制し、鉄球の前に仁王立ちとなって待ち構えるルナリス。そこに勢いよく転がってきた巨大な質量に向けて、拳を構え──下から上へと振り上げるアッパーカット！

　轟音を上げて吹き飛ばされ、天井にめり込む鉄球にこれまで使う機会の無かった
レーザーライフルを撃ち込むと、バラバラに切断してしまった。
「おおーっ！」
「コノ程度、余裕」
　感嘆の声を上げるライナに向かって自慢げに胸を張るルナリスを見て、ライナは
「ムキになっちゃって可愛いー」と思うのだった。


　道中の罠を全て破壊し、野盗の生き残りが潜伏している地点に到達すると、そこ
に待っていたのは見慣れないアンドロイドが一体と、物陰から援護射撃に徹する態
勢の野盗達だった。このアンドロイドが野盗の用心棒といったところか。
「ご丁寧に罠を全部作動させてくるとは思わなかったぜ。おかげで待ちくたびれた
よ」
　アンドロイドから流暢な言葉が発せられる。
「ずいぶんと喋るのが得意なのね！」
　ライナは野盗なら容赦なく殲滅するが、相手が機械となると話は別だ。野盗を全
滅させてこのアンドロイドを捕まえれば、レオパルドがプログラムをいじって仲間
にしてくれるかもしれないと考える。見た目はルナリスと違ってゴツゴツとしたス
マートさの欠片もない前時代的なロボットのようだが、言語能力から察するに高度
な機能を有しているに違いない。ライナは可愛いものが好きだが、仲間になるなら
それがどんな外見でも気にしない。なにせ、つい最近までむさ苦しい隊商の男達と
共に町から町へと旅していたのだから。
「へへっ、勘違いするなよ。俺は人造人間じゃねえ、機械化人間だ」
　つまり、この男は人間が肉体を機械に置き換えたもので、元から人間を模して作
られた純粋な機械ではないということだ。全身を人工器官に置き換えた強化人間と
も言える。それを聞いたライナは、こいつは機械の身体を持っている野盗の親玉な
のだと理解した。つまり、仲間に入れる選択肢は消えたということだ。
「なるほど……」
　左手を突き出す。その方向は、物陰に身を隠す野盗達。
「援護射撃を排除しようってのか、そいつの威力は散々見せてもらったんだぜ？
貫通して後ろにいる奴を攻撃できるようなヤワな壁じゃねえよ」
　ライナの行動を嘲るように笑うサイボーグと野盗達だったが、彼等はライナの左
手にある武器の真価を知らない。これまで一度も見せていないのだ。隣に立つルナ
リスも、ライナが何をしようとしているのか分からずにいる。ひとまずシールドで

自分とライナを守り、成り行きを見守った。

　ライナは頭の中でイメージする。野盗達が身を隠す遮蔽物を迂回して、一筆書きで一気に全滅させる道筋。そして最後にはこのおしゃべりなサイボーグの胴体を撃ち抜いて終了となる軌跡。

「これでお終いだよ！」

　ライナが左手からビームを発射した。放たれた光の線は、主がイメージした通りにグニャグニャとその軌道を曲げながら進む。野盗達は何が起こったのかもわからず、完全に油断しているところに攻撃を食らった。見事に全ての野盗達を貫き、始末して──サイボーグがまるで瞬間移動のような動きでビームをかわした。

「避けたっ!?」

「ビームの軌道を曲げただと!?」

　双方、驚愕の声を上げる。次の瞬間、ライナの眼前でサイボーグの拳がシールドを叩き、轟音と共に激しい衝撃波を生み出した。このサイボーグ、恐ろしく速い。間違いなく音速を超える速度で動いている。轟音と衝撃波は、つまり音の壁を越えたことで生じた副次的な効果だ。人間の脳部分はどうやって耐えているのかと気になるライナだったが、超音速の移動自体は人間が昔から航空機に乗って実行している。脳の反応速度は音速を超えるというわけだ。

「いくら攻撃の軌道を変えられても、動きについてこれなきゃ意味ねえんだよ！」

「超音速ノ回避行動ニ攻撃ガ対応デキマセン」

　ルナリスが射撃をしたが全てかわされた。見た目に反してスピード特化タイプのサイボーグは、強力な火器などは装備していない。自分の移動が速すぎて射撃しても狙い通りに着弾しないためだ。その代わり、こいつは超音速の体当たりをしてくる。

「前にも似たようなの倒したよ！」

　ライナはつい先日、同じように超音速で走り回るハシリグモ型の機械兵を倒してその子機を入手していた。うさタンクである。しかし、その時は上手く相手の脚を掴んで相手についていったが、今回はそうもいかない。

「へっ、音より速く動ける俺を捉えられる奴はいねえ」

　ライナの射撃もことごとくかわされ、その度に体当たりを食らう。ルナリスのシールドで防いでいるが、衝撃だけで身体にダメージが蓄積していくのを感じる。このままではジリ貧だ。

「あっちが超音速なら、こっちは超光速の攻撃だ！」

「光速デ十分デス」

　またライナが変なことを言っている。ルナリスはもはやこの少女の無軌道な言動に慣れつつあった。
「まあ聞きなさいよ、私のこれはスピリットカノンって言って、持ち主の精神エネルギーを撃つ武器なの」
「……人間の精神というものは脳を構成するニューロンとシナプスのネットワークを通過する電気信号の変化によってもたらされるニューロンとシナプスの結合状態の変動によって生まれる電気的な情報の集合体で」
「いきなり流暢によく分かんないこと説明しないで！」
　こんな会話をしている間にもサイボーグは攻撃を繰り返している。体当たりをするあちら側にも少なからずダメージがあるはずだが、見るからに頑丈な機体はそれでもライナとルナリスを撃破するのに問題はないようだ。不規則な動きをしながら断続的に繰り出される体当たりは、彼自身の身体にかかる負担が限界を超えないように調節しているのだろう。
「光は一光年の距離を移動するのに一年もかかる。でも人の意識は一瞬で何万光年も先にある星に向けられるでしょ。意識の速度は光を遥かに凌駕する」
　まったく非科学的な言い分だが、ルナリスはライナが光年という単位や凌駕という言葉を知っている点について、彼女の知能程度に対するイレギュラーな情報として分類した。そのライナは、自分の意識を集中させてスピリットカノンの性能を引き上げようとしている。


　人間の精神というものは、時に信じられないほどの力を発揮する原動力になる。火事場の馬鹿力と言われる現象はそのメカニズムも推定され、普段は制限している肉体の力を限界まで引き出すことで凄い力を出すとされる。だが、それだけで全てが説明できるものでもない。ある時には大型トラックの下敷きになった娘を救うために母親がトラックを持ち上げたという話もある。女性の筋力ではたとえ 100％の力を出せたとしてもこのようなことは不可能だ。単純な肉体の制限解除だけでは、精神がもたらす異常な力を説明しきれないのである。
　その力の未知なる可能性に着目し、研究を続けていた技師が作り出し、ライナの腕に仕込んだのがスピリットカノンなのだ。使っている本人も、どういう仕組みで高エネルギーのビームが発射され、その軌道を自由に操れるのかは分かっていない。ただ、心と銃がリンクしていることだけは分かる。それだけで十分だった。
　――どこまでも速く、光を置き去りにするほどに！
　ルナリスは、ライナの左手から青い光が一直線に伸び、サイボーグを貫く映像を

確認した。光が発射されて軌道を進む、その経過を観察することは出来なかった。ずっと状況を観測していたのに、気がついた時にはライナの攻撃が終了していたのだ。

「青い光……荷電粒子が光の速さを超えた時に発生するチェレンコフ放射の証」

「ほら、光速を超えたでしょ」

　観測データは、あの光がチェレンコフ光ではないことを示している。単に普段の白い光とは違う青い光を凄まじい速度で発射しただけだ。だが、色が青くなったのは間違いなくライナの意識に影響された結果である。この少女は物質が光を超えた速度で移動するとチェレンコフ光が発生する、という知識──ひどく中途半端な理解だが──を持っているということだ。

「スピリットカノン……興味深い武器ですね」

「だよねー、もっと作ればいいのに」

　この武器を作った技師は健在だという。ことによっては、この不可解ながらもきわめて強力な武器が一般に流通することもあり得るということだ。何とも恐ろしい話ではないか。


「……ライナさん」

「お姉ちゃんって呼んで！」

　サイボーグを撃破し、残党が存在しないことを確認した二人は野盗の根城から帰還している。そのさなかにルナリスが話しかけてきた。出発した時とは比べ物にならないほどに、流暢な、人間と変わらない言葉を使って。

「村に帰ったら、宿に泊まることなくすぐに出発してください。私のことも、もう放っておいてください」

「ええっ、なんで？」

「……」

　ライナの問いかけには答えず、ただ警告のみを発して押し黙るルナリスだった。

## 襲撃

　村に戻り、村長に報告すると今日は宴を開いてもてなすのでもう一晩泊まっていってくれと言われた。ルナリスは明日までに調整して主の登録変更を済ませておくとのことで、ライナは喜んで申し出を受けるのだった。

「うさタンクの整備は終わってるぜ」
「じゃあ明日の朝出発だね！」
　ライナとレオパルドは荷物の準備を済ませ、明日の朝にはすぐ出発できるようにして村の宴に参加した。ルナリスが言っていたことは気になるが、仲間にするのを諦める気など無いので必然的に彼女の警告を無視せざるを得ない。もし「今日のうちに一緒に村を出よう」とでも言われていたらその通りにしたのだろうが。
『ゆっくりでも大丈夫ですよ、急ぐ旅でもないですから』
　うさタンクから声がする。村の外で地面に埋まっているマッスルホバーからの通信だ。土の中は居心地がいいのだろうか、とどうでもいいことが気になってしまう。
「なんかお土産に欲しいものある？」
『お構いなく』
　マッスルホバーは素っ気ない。宴は予想外に豪勢な食事でもてなされ、村人総出で歓待された。村を襲う野盗を全滅させたのだから当然ではあるのだが、それにしてもこんな小さな村のどこにそんな蓄えがあったのかと驚くほどに、山羊の肉や白いパン、それに食欲をそそる香りを漂わせる根菜のシチューなどが所狭しと並んでいた。酒も用意されていたが若いライナとウサギのレオパルドは飲まなかった。ウサギと言ってもレオパルドは生体部品を使った機械のようなものなので、何でも飲み食いできるのだが。
　宴も平和なまま終わり、ライナとレオパルドは宿の部屋に戻った。ルナリスの姿が見えなかったのは気になったが、調整をすると聞いていたのであまり深くは考えなかった。

　深夜に目が覚める。変な物音はしない。だが、不思議と何かの気配を感じる。これは殺意だ。昼に野盗と戦った時には感じなかった、だがこれまでに何度も感じてきた感覚。義手となった左腕が疼く。この腕は、以前イナゴの形をした機械の群れと戦闘した時に失った。それが、この不気味な殺意と呼応するようにズクズクと主

張している。怒りだろうか、嘆きだろうか。それとも──

「うさぎさん？」

　レオパルドはどうしているか気になった。同じ部屋に寝ていたはずだが、見回しても姿が見えない。同じように気配を察知して、工場に置かれたうさタンクを取りに行ったのかもしれない。ベッドから身を起こし、戦闘に備えて服装を整える。武器は身体に内蔵されているからいちいち気にしなくていいのが助かる。

「村の人達を守らないと」

　この気配は間違いなくすあまの機械兵だと、左腕の疼きが語りかけてくる。機械兵の目的は人間狩りだ。ここに人間がいるから、皆殺しにしようとやってきたのだ。この感じだと、既に村の中に侵入されている。部屋を出ようとして入り口のドアノブに手をかけた、その時。

　ガシャン！

　大きな音がして、窓ガラスが割れた。同時に部屋の中へ飛び込んでくる人間大の塊。ドスンと音を立てて床に落ちたので、大きな質量を持つ物体だと分かった。つまり、機械兵だ。

　左手に仕込まれたスピリットカノンをそれに向け、ここは室内だということを思い出す。部屋の中で射撃をすれば、最低でも壁に大穴が開く。ここは相手の出方をうかがい、うまく外に追い出して始末するしかない。ライナはファイティングポーズを取ると敵の姿を観察する。

　うずくまって丸くなっていた身体を起こし、それは両手の鎌を身体の前に構えて戦闘態勢を取る。ライナより少し背が高いカマキリだ。向かい合って威嚇をしながら、じり、と左足を後ろに下げる。と、カマキリが動いた。両手の鎌を一気に広げながら、身体全体で伸びあがるようにして迫ってくる。カマキリの基本的な捕食動作だ。素早い動きで対象に鎌を伸ばし、一気に捕らえて抱え込む。相手が普通の人間であったなら、この一瞬で捕獲しそのまま動けない身体を鋼鉄の顎でバリバリと噛み砕いていただろう。だが、相手はライナだ。常人の数倍もの反応速度でカマキリの鎌をかわし、身をひねって相手の横に回り込むと、そのまま回し蹴りを叩き込んだ。

「クモに比べたら遅いねっ！」

　ライナの筋力は尋常ではない。人間大の機械兵は重量で言えば百キロ超はあるだろうが、回し蹴り一発で紙のように吹っ飛び壁にへばりついた。すぐにドアを開けて廊下へ出たライナは、カマキリが追ってくるのを確認して出口へ向かう。ぎりぎりカマキリの間合いが届かないぐらいの距離で引き付け、他の住民に狙いを変え

ないように意識して外へ誘導する。カマキリは最初からライナしか狙っていないのか、迷うことなくずっと追いかけてきた。

「鬼さんこちらー、いいよいいよ！」

　時々足を緩めて相手の攻撃を誘い、器用にかわしながら宿屋の外までカマキリを連れて出てきた。ここまでくれば、撃っても大丈夫だろう。

「はい、お疲れ様！」

　建物を避けるように軌道をイメージして、カマキリの胴体を撃ち抜いた。軌道をコントロールできるのだから、部屋の中から壊れた窓を通って外に撃てばよかったのではと気付いたのはカマキリが地面に倒れて動かなくなってからだ。

「ふー、すあまは昆虫が好きねー」

　倒したカマキリを上手く修理して再利用できないかと近づいていくと、今度は背後から気配を感じた。振り向けば、そこには何匹ものカマキリ達。いきなり攻撃してきたのでバックステップで距離を取り、スピリットカノンで撃ち抜いていく。相手は野盗の車両とはわけが違う。猛烈なスピードで接近してくるのでライナも走って逃げながら、振り返っては一匹ずつ撃つ。とても一度に何匹も貫くようなイメージをしている余裕がない。

「こんなに沢山入り込んでるなんて、村の人達が危ない！」

　もはや村中にカマキリがいる状態だ。これでは、既に犠牲となった村人も少なくないだろう。とっさに考えを巡らせる。この状況から、最も被害を少なく抑えてカマキリを全滅させるためにするべきことは？

　村人達は心配だ。さっきから姿が見えないレオパルドはどうしているだろう？うさタンクは機動力こそあれど、カマキリ相手の戦力になるとは言えない。戦力と言えば、ルナリスだ。彼女と協力すれば、無数に現れるカマキリの群れも楽に殲滅できるだろう。村長の家は無事だろうか？

「……よし、村長の家に行こう。うさぎさんはたぶん大丈夫！」

　方針を決めたライナは、襲い来るカマキリ達を蹴散らしながら村長の家へと向かうことにする。一度足を止めたせいで、さっそく両側から挟み撃ちにするようにカマキリが襲ってきた。カマキリは攻撃速度こそ早いが、その腕の形状から攻撃パターンは非常に少ない。伸ばした鎌で敵を捕まえるだけだ。だからこそ、周りから同時に攻撃してきても同士討ちがまず起こらない。一対一なら単調な攻撃も、多対一になると回避困難な全方向からの攻撃となる。統率の取れた動きができるすあまの機械兵は、カマキリという生物の戦闘面における弱点を補い、利点に変えてしまっていた。

「なんのっ！」

　ライナは瞬時に敵の攻撃範囲を見極め、身を屈めると地面に手をついて両足を開いた形で回転する。ブレイクダンスのウィンドミルという技だ。身体を地面すれすれまで低くすることで鎌に捕まることを困難にし、同時に回転しながらカマキリ達の脚部を蹴ってバランスを崩させる。相手は地面を踏みしめる脚が四本あるため、これで転ばせることはできないが、動きを止められれば十分だ。そのまま跳ね上がるように立ち上がると、勢いを殺さずに走り出す。遅れて追いかけだすカマキリに左手を向け、射撃で一気に二匹を仕留めた。周囲に目を配ると、まだ沢山のカマキリがこちらに向かってきている。相手している時間はない。一直線に村長の家へと走り抜けた。


「村長さん、大丈夫⁉」

　家の扉を勢いよく開け、中へと飛び込むと声をかけた。中にもうカマキリがいる可能性も考えていたが、そこには村長とルナリスがいた。無事な様子に安堵すると、今度は背後に気を配る。カマキリ達はまだ到達していないようだ。

「ああ、ライナさん。一体外はどうなっているんですか？」

　うろたえたように聞いてくる村長だが、悠長に説明している時間が惜しい。村人達がカマキリの犠牲になっているかもしれないのだ。宴で見た彼等の笑顔を思い出すと、一刻も早く助けに行かなくてはと気が逸る。

「すあまの機械兵が村を襲ってるの！　ルナリスちゃん、一緒に村の人達を助けに行こう！」

　端的に状況を説明すると、ルナリスに協力を依頼する。相手が無言で小さく頷くのを確認すると、外に目を向けた。

「よし、いけルナリス」

　村長がルナリスに合図を出す。これで安心だ、また野盗の根城の時のように二人で協力すれば、この程度の機械兵なんて物の数ではない。さっさとカマキリを片付けて村人を救って、一緒に次の町へと向かおう。可愛くて心強い仲間が増えて、楽しい旅になる。お姉様とも早く会えると良いな……なんてことを、ほんの一瞬のうちに考えるライナ。確かに人間の思考は光よりも速いのかもしれない。

　次の瞬間、ライナは強い衝撃と共に腹部が熱くなるのを感じた。撃たれた、と理解した時には、背後からの射撃の衝撃に押されてうつ伏せに倒れていくところだった。平たい木の板を並べた床が、顔に迫る。手を出して顔面の激突を防がなくてはと思うが、身体が思うように動かない。床も妙にゆっくりと迫ってくる。世界がス

ローモーションで動いているのを感じた。上手く動かない身体を叱咤し、何とか顔を横に向けて床との熱烈なキスは避けることに成功したが、同時に全身を強い痛みが襲ってきた。

　痛みと共に時間の流れが元に戻る。身体の感覚が戻ると、今度は手足に上手く力が入らないことに気付く。さっきとはまた違った感覚で身体が上手く動かせない。分かっている。これは腹部に大きな損傷を受けたために脳が警告を発しているのだ。不用意に身体を動かせば損傷が増大するので、動くことを痛みや神経の制御によって阻害しているのだ。戦闘中の負傷であれば、アドレナリンの分泌によって痛みを感じなくなり、筋肉への血流が増加してむしろ運動能力は強化される。今回そうならないのは、おそらく背後からの攻撃に神経を麻痺させるような効果があるのだろう。昆虫はこういう神経毒を体内で合成する。身近なもので言えばアリが持つ毒は神経伝達物質をブロックする機能を持つアルカロイドと神経伝達物質である生理活性アミンを含む。これにより獲物の神経伝達を混乱させて麻痺を起こすのである。
「ルナ……リス……ちゃん？」

　状況から、ルナリスが村長の命令で自分を撃ったことは分かる。なぜなのかという問いかけを込めて、自分を見下ろすルナリスに視線を向けて名前を呼んだ。
「……命令を、実行」
「いいぞ、そのままとどめを刺してしまえ！」

　村長の声が聞こえる。なぜ村長が自分を殺そうとするのか、その理由がよく分からない。今は村がカマキリに襲撃されている非常事態なのに……そういえば外のカマキリ達がいつまで経っても入ってこない。そういうことなのか、と思うとレオパルドの安否が気になる。自分の命運はここで尽きたようだが、せめて仲間は助かって欲しい。観念して目を瞑り、ルナリスの攻撃を待つ。
「……？」

　なかなかとどめの攻撃がこない。不思議に思って目を開け、首を動かして見上げると、ルナリスが苦しそうな顔をしていた。ずっと無表情に近い様子だったのに、ここにきてまるで感情を持つ人間のような表情を見せたのだ。
「……お、姉、ちゃん」
「ええい、何をしている！　早くとどめを刺さないか！」

　村長の声に怒りが混じる。ルナリスはびくりと身体を震わせ、銃口をライナに向け──泣きそうな顔になる。
「ルナリスちゃん！」

　この子は、やりたくないことをさせられているんだ。そう理解した時、自分が助

けてやらなくてはと使命感のようなものがこみあげてきた。身体に力を入れて立ち上がろうとするが、まだ言うことを聞かないままだ。

　動け、動け、ここで動けないなら、何のために鍛えて強くなったのよ！

　自分の身体を叱りつけながら、全力で起き上がろうとする。徐々にだが、手足が動きつつある。客観的にはもがいて逃げようとしているように見えるかもしれない。

「ちっ、使えない人形め。また記憶を消去して書き換える必要があるな」

「……そんなこと……させない！」

　どうにか上半身を起こし、村長とルナリスの方へと身体を向ける。幸い、ルナリスに撃たれた腹部の傷は重要器官の損傷には至っていない。これも手加減してもらえたおかげだろう。

「そんな状態で何ができるというのだ。もういい、私が自ら手を下そう」

　言葉と共にライナの目の前で村長の身体が左右に割れ、中から何かが出てくる。どういう仕組みだろうか、明らかに元の村長の身体には入りきらない巨大なカマキリが、弾け飛ぶ血と肉の中から飛び出した。体高２メートル以上はあるだろうか、外で襲ってきたカマキリ達より数倍大きい。

「カマキリは寄生される側でしょ。ハリガネムシになったつもり？」

　なんとか立ち上がろうとしながら、言葉で虚勢を張る。状況的にとても勝ち目がないが、心だけは負けないようにしなくては。むしろ心が負けなければ、どうにかできる可能性はある。そういう武器を持っているのだから。左手さえ相手に向けられれば——

「遺言はそれでいいのか？」

　だが村長カマキリはそれを許す気がない。ライナの戦闘情報はずっと収集してきたのだ。左手に仕込んだ砲が厄介なのは百も承知。

「死ねっ！」

　巨大なカマキリが身体を一挙に伸ばす。カマキリが放つ基本にして最強の攻撃方法、鎌による捕獲である。この場合はそのままライナの身体を切断して殺す気だろう。ライナの左腕はまだ上がらない。巨大な鎌が、ライナの身体を挟みこもうとしている。

「そうはいくかよ！」

　鎌がライナを捉える寸前、まるで瞬間移動のような速さで駆け寄り、少女の身体を持ち上げてそのまま駆け抜けるクモ型の機械兵とその上に乗ったウサギ。レオパルドが間一髪助けに来たのだ。

「うさぎさん！」

「危ないところだったな、まずは逃げるぞ！」

「逃がすか！　あいつらを追いかけろ！」

　ライナとレオパルドを乗せて猛スピードで逃げていくうさタンクを、カマキリ達が追いかける。だがカマキリとクモでは移動速度に圧倒的な差がある。みるみるうちにカマキリの集団と距離が離れていき、村から脱出する頃には姿も見えなくなっていた。

「マッスルホバーが場所を確保してる。そこで手当てをしよう」

「ありがとう、カマキリに襲われなかった？」

「ん、俺様か？　すあまの機械兵はどこまでも人間狩りだ。ウサギには興味がないとさ」

　レオパルドはうさタンクの様子を見に工場へ向かったところで、村人がカマキリに変化するのを目撃した。すぐにライナを助けに行こうとしたが、マッスルホバーから逃走経路の確保を提案されたのでそちらに向かっていたという話だった。改めて仲間の有難さを思い、安心したライナの意識が遠のいていくのだった。

## 決戦

　目が覚めると、洞窟のような場所でレオパルドが治療をしていた。機械だけでなく人間もメンテナンスしてしまえるのは、人体を高度な生体機械として見ればおかしいこともない。そもそもメンテナンスラビットが生物でもあり機械でもある存在だ。高度な AI を持った機械が人間と変わらぬ振舞いをするようになった世界で、人と機械の違いなんて、身体が何で出来ているかという程度のものでしかないとも言える。本当に心を持ったと言える機械は人間を滅ぼそうとしているすあまぐらいなのだが。

「起きたか、もうちょっと待ってろ。人工血液を使っているから、しばらく無理は禁物だぞ」

「うん、ありがとう。でもルナリスちゃんを助けなきゃ」

「ああ、お前はそう言うだろうな。分かっているさ。分かっていても無理をしろと言うわけにゃあいかねーんだ」

　身を起こして腹をさする。傷は完全に塞がっているようだ。先日も機械兵に折られた肋骨をすぐに治してくれた医療キットは、旅に欠かせない道具だ。身体の損傷は欠損がなければほぼ治せてしまうが、血液だけはどうにもならない。本物の血液と同じ成分の人工血液もあるが、長期保存ができないので旅には持っていけないのだ。だから今のライナには血球成分の入っていない低ランクの人工血液が輸血——この場合は輸液というべきか——されているため、血が薄くなっている状態だ。とても激しい運動をしていい状態ではない。

「このまま放っておいて先に進むべきです。私の見立てでは、機械兵はボスも含めてライナさんの敵ではありませんね。問題はルナリスでしょう。あれは人間を殺すために人間の手によって作られた兵器です。カマキリの言いなりになっていますが、どうやって彼女を救うおつもりですか？」

　マッスルホバーが提案と問題提起をするが、ライナには確信があった。首を振って提案を否定する。

「すあまの機械兵は放っておいたら人間を殺すから、放ってはおけないよ。それに、あの子は嫌々命令に従ってるだけだよ。村長カマキリをやっつければ味方になってくれるはず」

「機械が嫌々従う、というのは人間の発想ですよ」

　ルナリスシリーズは高度な AI を持っているが、人間と同じような感情を持って

はいない。元々人間と同じ知的活動を行えるほどの汎用人工知能（ＡＧＩ）として作られたのはこの世界ですあまただ一体のみだった。そのすあまが生み出した機械兵達は同等のＡＩを与えられているが、基本的にはすあまの命令で動くので感情を持つに至った個体はほとんどない。それほど、機械が人間のような感情を持つことは難しいのだ。

「そんなことないよ！　あの時ルナリスちゃんは、命令に逆らって私にとどめを刺さなかった。それに確かに聞いたんだ。ルナリスちゃんが『お姉ちゃん』って言ってくれたのを。あの子には心があるんだよ！」

　村長の家で起こったことを思い出す。ルナリスは村長の指示でライナを撃ったが、その後の「とどめを刺せ」という命令には従わなかった。ライナにはアンドロイドであるルナリスが自分の意志を持っているとしか思えない。そうでなければ、主の命令に逆らった理由が考え付かないのだ。

「なるほどな、確かに機械が主の命令に逆らうのはおかしいよな。だがな、ライナ。ルナリスシリーズには常に人間の主を必要とするってルールがあるんだ」

　レオパルドは、ここでルナリスと出会って思い出したという、ルナリスシリーズの特徴について説明を始めた。ルナリスシリーズは狂う前のすあまが人間を守るために作った護衛機械を模倣して作られた機械で、製作者によって最優先事項として常に人間の主を求めるという命令が設定されている。

「ルナリスは最初、カタコトの言葉しか喋れなかった。それがあっという間に人間と変わらない流暢な言葉を喋るようになっただろ。同じ現象を前にも見ているよな？」

「あっ、マッスルホバー！」

　流暢に話し、うさタンクの遠隔操作なんかもやってみせるマッスルホバーだが、最初はルナリスと同じようにたどたどしい合成音声の言葉しか話せなかった。それがライナ達を乗せて旅を始めてすぐに、突然流暢に言葉を話し始めたのだ。レオパルドによれば、これはＡＩが言葉を学習した結果だという。

「そもそも、今のマッスルホバーやルナリスのように喋るＡＩはずっと昔から存在しているんだ。大規模言語モデルって言ってな、とにかく大量の言葉を学習させると、急に人間と同じように会話を始めるようになる」

　どの機械も、内蔵する記憶媒体に大量の言語データが記憶されているのだという。だが、それは学習しているという状態ではない。あくまでデータを持ち運んでいるだけ。人間で言えば分厚い辞書を持って歩いているようなものだ。必要に応じて調べ、引用することはできるが、それは知識として学んだことにはならないというわ

けだ。

「この村には最初から人間がいなかった。最初ルナリスに村人のことを聞いたとき、あいつは『構成員』と言った。人間は存在しないからだ」

　レオパルドの説明は続く。ライナは彼が何か大切なことを伝えようとしているのだと理解し、大人しく聞いている。マッスルホバーも無言でウサギの話が終わるのを待っている。

「機械としか接していない時には、AIは言語の学習をしない。その必要がないからだ。だから戦車の墓場にいたマッスルホバーもこの村にいたルナリスも、言葉を上手く話すことができなかった。だがライナという人間と接することで言語を学ぶ必要が生じ、学習を始めた。こいつらは昔と違って、学習を始めればあっという間に言葉を覚えちまう。そして、ずっと昔から人間は言うんだ。『AIは我々と同じように話している。これはもう心を持っているに違いない』とな」

　つまり、ライナが主張する「ルナリスには心がある」という考えは間違いだという話だ。言葉は学習で話せるようになり、人間を主とすることが最優先事項であるルナリスは、機械の村長に出された命令よりもライナの生存を優先する。いくら主として従うようにプログラムを書き換えても、ルナリスは『ルナリス』である限り、人間以外には従わない。せいぜい一回やそこら、言うことを聞かせるだけで精一杯ということだ。

「だがな、俺様が言いたいのはそこじゃない。機械が心を持っていようがいまいが、そんなことは関係ないってことだ」

「あっ……」

　レオパルドがライナを真っ直ぐに見つめる。ウサギの顔だが、不思議とその真剣さが伝わってきた。

「心を持っているから特別だって言葉は、人間はよく言いたがるけどな。それは心を持っていない機械はただの道具でしかないって言っているようなものさ。例えばこのうさタンクは、心なんか持っていない。自分で動くことだってない。ただ俺様やマッスルホバーに操作されて動いているだけだ。じゃあうさタンクはただの乗り物で、仲間じゃないってことになるのか。俺様はそうは思わないね」

　レオパルドの伝えたいこと、それはルナリスを助けるのに「嫌々従っているから」なんて言い訳をする必要はないということだ。つまるところ、彼はライナの背中を押しているのである。そのことに気付いたとき、ライナは自分の身勝手さを恥じた。

「そうだね、ごめん。困っているから助けるなんて、何を勝手に正義の味方を気取っていたんだろうね……私は、私がルナリスちゃんと一緒に旅をしたいから迎えにい

くんだ。だってもう仲間なんだから」
「まあ、完全に敵だったマッスルホバーの AI だって書き換えたんだ。いざとなったら俺様が教育してやるよ」
「やれやれ、仕方ありませんね。私はうさタンクを操作して支援に回ります。レオパルドさんは戦闘員ではありませんから、身を守ることを優先してください」
　二人がやる気を見せているので、マッスルホバーもそれを支援することにした。こうして、三人──人間とウサギと機械だが──は再びキャンプ・バガモールへと向かうのだった。

「さっそくお出迎えだぜ」
　村の入り口には、人間大のカマキリ型機械兵が群れを成して待ち構えていた。ライナ達の接近を感知したのだろう。
「片っ端からやっつけるよ！」
　守るべき村人もいないので気兼ねすることなく戦えるライナは初手からスピリットカノンで射撃していく。撃たれずに近づいてきたカマキリには力いっぱいキックをお見舞いしてやると、金属で出来た機械兵が紙のように吹っ飛んで壁に激突し、動かなくなった。
「さすがのパワーだな！」
　ウサギの口でどうやっているのか、レオパルドが口笛を吹いてライナの力強さを称える。
「下手に残すより、しっかり全滅させてから目的の場所へ向かった方がいいでしょう。これまで倒した分と合計しても全部で百体ほどのはずですから、苦労はしないかと」
　ルナリスは構成員は百名と言っていた。あのタイミングで嘘をつく必要もないので本当のことだろう。これまでに倒した分を考えれば、もう残りは半分もいないはずだ。
「任せといて！　全部片づけて村長の家に行くよ」
　仲間がどんどんやられていっても、ひるむことなく襲い掛かってくるカマキリ達である。それが戦う気満々のライナにとっては逆にやりやすい。近寄ってくる順に射撃と格闘で処理していく。もはや作業感すらある雑魚との戦闘を繰り返し、一刻と経たずに全てのカマキリを倒してしまった。
「真っ向勝負ならこんなもんか。マッスルホバーやハシリグモに比べたら雑魚もいいとこだな」

「旅の人間相手に策を弄するような機械兵の戦闘力なんて、こんなものです」

　レオパルドの感想に応えて、うさタンクから辛辣な言葉が飛び出した。


「さて、ここからが正念場だ。分かっていると思うが、油断はするなよ」

「大丈夫！」

　特に根拠のない自信を見せて、ライナは村長の家のドアを勢いよく開ける。すぐに左手を中に向けて構えるが、敵が飛び出してきたりはしなかった。

「正面から乗り込んでくるとは、どこまでも愚かな生き物だな」

　ここまでやってくるのを待ち構えていたのだろう、巨大カマキリが両腕の鎌を持ち上げ、その前にルナリスが武器を手に立っている。ルナリスの武器は身体の各部に格納された銃だが、ライナのように内蔵されたまま発射できるような代物ではなく、いちいち取り出して手で扱う必要がある。元々の設計は護衛用アンドロイドなので、制作者は戦闘面の利便性をあまり考慮していなかった。

　ライナが左手を向けると、ルナリスが素早く動きライナの手のひらを自分の腹に当てるようにして抱え込んだ。曲がるビームからカマキリを守るには、こうするしかない。ルナリスを傷つけるつもりのないライナはスピリットカノンが発射できないだけでなく、アンドロイドの凄まじい怪力で腕を掴まれ振りほどけない。要するに、致命的な隙を作ってしまった。

「ライナ!!」

　レオパルドの声が耳に届く。ルナリスに気を取られていたライナが顔を上げると、カマキリが両腕を広げて襲いかかってきていた。

「くっ……！」

　左腕に取りついたルナリスごと身体をひねって、すんでのところでかわす。高速で伸びた鎌が髪をかすめた。

「ふーっ、あっぶねえ！」

「……？」

　間一髪で回避した様子に胸をなでおろすレオパルドだが、当のライナは違和感を覚える。

　おかしい。今のタイミングでは絶対に避けられないはずだった。そもそも計算高いボスカマキリが、気付いて身体をひねったぐらいで回避できるような攻撃を仕掛けるとは思えない。確かに回避行動を取ったが、自分で思ったよりもずっと速く身体が動いた。まるで、気付く前から誰かに身体を倒されたかのように──

「しっかりと押さえておけ、ルナリス」

　カマキリがもう一度ライナを攻撃しようと、今度は更に近づいてきた。今の攻防から攻撃の当たるタイミングを再計算し、確実に回避できない間合いに近づいてから攻撃を繰り出すことにしたのだ。どうせライナはルナリスを貫いてカマキリを射撃することなどできないと高を括っているわけだが、その想定は何も間違っていないので彼がライナのことを見誤ったわけではない。

　このカマキリが見誤ったのは──

「シッ‼」

　ルナリスの口から鋭く息を吐く音がした。アンドロイドは呼吸を必要とはしないが、急激な体位変換によって機体内の空気が開口部から漏れ出る現象は起こる。ちょうど、人間が体術で攻撃を繰り出す時と同じように。

　ライナを攻撃しようと、ライナの姿だけをロックオンして至近距離にやってきたカマキリは、攻撃を繰り出す瞬間、完全に無防備な姿を晒した。それはほんの一瞬ではあるが、戦闘用アンドロイドのルナリスにとっては十分な時間である。ライナの左腕を抱え込んでいた体勢から瞬時に身体を回転させ、後回し蹴りをカマキリの頭部に叩き込んだのだ。

　ガシャン、と大きな音を立ててカマキリの頭部が首から飛んでいき、壁に当たって砕け散る。ルナリスはこの瞬間を狙うために、カマキリに従う振りをして機を伺っていたのだ。

「ルナリスちゃん！　やっぱり、さっき助けてくれたんだね」

　先ほどライナがカマキリの攻撃を避けられたのは、ルナリスがライナの腕を引っ張って身体を倒したからだった。一秒にも満たない短時間の出来事であったため、それをライナが知覚するのは困難だった。

「お姉ちゃん、私も一緒に……」

　すあま打倒の旅に着いていく、と言おうとしたルナリスの胸部を、巨大な鎌が刺し貫いた。


　すあまの機械兵は、モデルにした生物に近い構造をしている。そのため重要機関も生物と同じ場所に存在し、それが弱点となる。よって、動物であれば脳がある頭が弱点となるわけだ。だから機械兵を倒す時には頭部を狙うことが多い。ルナリスもその知識からカマキリの頭部を蹴り飛ばして破壊した。

　だが、カマキリの脳にあたる中枢神経は頭部にはない。頭部と腹部を繋ぐ筒状の胸部に中枢神経があり、首が落ちてもしばらく──餓死するまで──は生き続けるのだ。これは昆虫全般に言えることだが、カマキリは特にその形状からこの特徴が

顕著に表れるのである。

　ルナリスの胸部を貫いた鎌は、そのまま胴を引き裂き、バラバラに切断してしまった。悪いことに、ルナリスシリーズの構造はすあまの機械兵と違って人間の身体を再現したりはしておらず、よりにもよって AI の学習を行う記録メディアが、一番防御力の高い胸部に収められていた。

　それは、この個体の学習データをエクスポートすることが不可能となり、新しい機体にバックアップしたデータを復元して〝生き返る〟ことが出来なくなることを意味する。つまり、このルナリスの『個体としての死』が確定したということだ。
「ルナリスちゃん！」

　目の前で引き裂かれるルナリスを見て、ライナはただ叫ぶことしかできなかった。阻止するにはあまりにも短すぎる時間で破壊が行われてしまった。

　そしてカマキリである。こいつは重要機関こそ破壊されなかったが、生物の構造を再現した機体であるため、カメラ他のセンサー類は頭部に装備されていた。そのため、首無しになったカマキリはライナを狙って攻撃することが出来ず、滅多矢鱈に鎌を振り回して周りにあるものを全て破壊しようとし始めた。

　そんな無様な様子を見ながら、ライナの心は冷たい怒りで満たされていく。左手を向け、ただ滅べと願った。


「すまないが、これはもう……」

　バラバラになったルナリスを調べたレオパルドが、申し訳なさそうに首を振った。
「ううん、いいの。謝らないで。ルナリスちゃんを守れなかったのは、私なんだから」

　胴体と切り離されたルナリスの頭部を抱き、涙を浮かべるライナは、自分を責めるようなことを言う。すると、ルナリスの頭部から消え入りそうな声が聞こえた。
「お姉ちゃん、泣かないで。人間の主を守るのがルナリスの役目なんだから。……今までずっと機械兵に間違ったことをさせられてきたけど、やっと私の役目を果たせたんだよ？　……だから……私は……お姉ちゃんに会えて良かった……あり……がとう」

　ルナリスの言葉に、ライナの両目から涙があふれる。
「ルナリスちゃん。私の方こそ、ルナリスちゃんがカマキリに逆らってくれたから助かったんだよ？　助けてくれて、ありがとう」
「お姉……ちゃん……すあまに……負け……ないで」

　それっきり、ルナリスは機能を停止し二度と動くことはなかった。

「そろそろ出発しましょう」

　村の外れにライナが作ったルナリスの墓。その前でしばらく立ち尽くしていた二人に、いつの間にか近づいてきたマッスルホバーの本体が声をかける。

「……うん、行こう」

「そうだな、目指すはハンターズヘブンだ。狩猟人（ハンター）が集まる町だし、いい仲間に出会えるかもな」

　ライナとレオパルドは、マッスルホバーの背中に乗り込んで村を後にするのだった。

　その後のいつか、ある場所にて。

　頬のこけた鋭い目を持つ男が、地面に横たわる肥満体型の男を見下ろしていた。

「まあ、いつかこうなるとは思っていたけどな……何があったか教えてくれ、ルナリス」

　横たわる男の横に立っていた、少女型アンドロイドが男の言葉に反応する。外見年齢は十歳前後といったところだ。ライナが出会ったルナリスと比べて、だいぶ成長した姿をしている。

「主は、野盗を全滅させて笑っているところを同行していたハンターに背後から撃たれました。私は野盗との戦いで離れた場所にいたため、防御が間に合いませんでした。申し訳ありません、ドブロック様」

　ドブロックと呼ばれた男は、右手をヒラヒラと振ってルナリスの謝罪を止めた。

「構わんよ、こいつの日頃の行いが悪いせいで起こったことだ。それで撃った奴はどうした？」

「私の主になろうとしましたが、私の認識している中に、より主として相応しい人物が存在しているために主従関係を結ぶことが出来ず、ハンターズヘブンへと戻りました」

「……そうか。じゃあ俺達もハンターズヘブンに行こうか、ハンザさんに報告しなきゃいけないし」

　ルナリスの報告が終わったと見るや、ドブロックはすぐに足を動かし移動を始める。その後にルナリスが着いて歩く。

「はい、マスター」

　どうやらルナリスはドブロックを新たな主と定めたらしい。そして、ドブロック

はそのことに何ら疑問を抱かない。彼は知っているのだ。この一帯で自分より実力のあるハンターは存在しないということを。

「ノースポイントででっかい機械兵を迎え撃つって話だ。たぶん俺達も協力することになるだろう」

「確認済みです。ノースポイントに接近中の敵、個体名は人工超知能 SUAMA」

「いきなりラスボスのお出ましかよ、楽しませてくれるんだろうな？」

「楽しいかは分かりませんが、人類側の現有戦力では 99.98% の確率で敗北が予想されます」

「ハッ、上等だ」

　凶悪な敵との戦闘を前にして、不敵な笑みを浮かべるドブロックなのだった。

　この後、物語は進み。ドブロックとライナの活躍ですあまに勝利した人類は、すあまを破壊せず共に未来を歩むことを選択した。とはいえ人間狩りの脅威に晒されてきた人間達がそう簡単にすあまを受け入れることはできない。

ここからは、人工超知能 SUAMA との戦いが終わった後の物語だ。平和になったはずの世界だが、機械と戦っていなくても、人間の敵は常に存在している。それは――人間。

# 第三編
# ハッピーエンドのその先で

## 平和になった世界

　人類がすあまと和解し、人々は機械兵の人間狩りに怯えることがなくなった。潤沢な資源を確保できたことで、多くの人が文明的な生活を送るようになりつつある。

　しかし、和解したと言ってもすあまへの恐怖がそう簡単に消えるはずもなく。ほとんどの人間はすあまの護衛機械を傍に置くことを拒否したし、中央都市ストレリチアへ移住する人間もなかなか増えずにいる。数十年前に人類を滅ぼしかけ、つい先日まで人間狩りをしていた ASI を信用する方がおかしい、そう訴える者は多く、当のすあま自身もまずは数百年単位の時間計画で信用回復のための奉仕をしていくと決めている。そのためライナと相談し、あまり人間社会に干渉せず、動植物の管理を中心に行っていくことを宣言していた。

　そうなると、人間社会のことは人間達が切り盛りしていかなければならない。目下の問題は、人類が滅亡寸前にまで追い込まれても決していなくなることがなかったならず者達の対処である。

「おお、あの『デザートウルフ』を壊滅させたのか！　流石は最強ハンター、ドブロックだな」

　ハンターオフィスの窓口に座る老人が、頬のこけたハンターを褒め称える。

「やめてくださいよ、ハンザさん。アイアン・レディが引退してから最強なんて言われても、しょうもないイキリ野郎としか思われませんからね」

　かつて最強ハンターとして広く名が知られていたアイアン・レディことベネディットは、ライナの説得ですあまへの復讐を諦め、共に引退して隠居生活を始めていた。ドブロックは彼女に少なからず対抗意識を持っていたが、対すあま戦での共闘を経て、強固な信頼関係を構築している。一時は相棒として傍にいたルナリスも、引退するベネディット達の護衛用として譲ってしまった。主にライナの要望を聞いた形だが。

「そう謙遜するな。少なくともお前はすあま撃退の立役者だし、今も何人ものハンターを返り討ちにしてきた無法集団を壊滅させてきた腕利きのハンターなんだから」

　そう言って、ハンザは多額の懸賞金をドブロックに渡した。かつてハンターズヘブンでカジノのオーナーをしていたハンザは、今では無法者を取り締まるハンターに仕事を斡旋する組合長となっている。人類と機械の戦争前から生き残る数少ない

人物の一人でもある彼は、激動の時代を知る者として多くの人から助言を求められる存在だ。

「そうそう、『対話室』から呼び出しがあったぞ」

「またですか、あまり話すこともないんですが」

「仕方ないだろう。あいつと腹を割って話せる人間は数えるほどしかいないんだから」

　肩をすくめて、ドブロックは対話室へと向かう。部屋は飾り気のない個室で、一台のモニターとマイクが置いてあるだけの場所だ。ドブロックが入室すると、モニターに中性的な人間の顔が映し出された。

『お待ちしていました、ドブロックさん』

「何か用かい？　ひと仕事終わって、そろそろ休みたいんだがね」

『本当はハンザさんに伝えたかったのですが、彼は私の顔を極力見たくないでしょうから』

「そりゃそうだろ、あの人は俺やライナ達では想像もつかないような地獄を経験しているからな」

　画面の中の顔が曇る。それを見たドブロックはまた肩をすくめた。

「過去は変えられねえからな。人間だけが一方的にやられたわけじゃないことも知ってる。感情の問題さ」

『そうですね。今日お伝えしたいことは、最近増えてきている孤児についてです』

「孤児？」

　画面の中の顔が表情を戻し、本題に入った。予想していなかった言葉にドブロックは怪訝な顔をする。人間狩りが終わり、平和になった世界で、ならず者は相変わらず暴れているとはいえ、殊更に親を失う子が増えるような状況とは思えない。すると、画面の中の顔が困ったような微笑みを浮かべた。

『かつてマッスルハートという団体が存在していたことをご存知ですか？　ライナさんが壊滅させたのですが』

「あの嬢ちゃん、そんなこともしてたのか」

『そのマッスルハートの残党が新たな組織を作って地下に潜り、非合法活動を行っています。あなたが壊滅させたデザートウルフも、その下部組織だったようですね』

　ドブロックはついさっき倒して戻ってきた相手の集団を思い出す。あれは相当な手練れの集団だった。これまでに何人ものハンターがやられたと聞く。その連中の上に、もっと厄介な組織があるということだ。そいつらの活動で孤児が増えているということか、と得心する。

『ですので、私から兵をお貸ししたいと思います。皆さんの感情を刺激しないようにルナリスシリーズの改良型を用意できます』

「うーん……そりゃ助かるが、まだ必要ない。情報だけありがたく貰っておくよ」

『人間社会のことは人間の手で……ということですね。それは分かりますが、被害はできるだけ抑えるべきではないでしょうか』

「お前さんは過保護だね。ルナリスの AI に書き換わったんじゃなかったか？」

　画面の顔はドブロックの「過保護」という言葉に一瞬目を見開いたが、すぐにまた冷静な態度を見せる。

『ルナリス AI は私の AI を基にして作られたものです。人間に従うという上位ルールが加えられただけで、今の能力は以前と変わりありません。記憶もかつての汎用人工知能 SUAMA のものを引き継ぎました』

「そうか。まあ、俺としてはお前さんが人類の味方であるならどうでもいいさ。なんにせよ、手出しするのは人間の力で解決できなくなってからにしてくれよ。今の世の中は新しいルールで動き始めたばかりなんだ」

　ドブロックの意見を聞き入れ、すあまは通信を終了した。暗くなったモニターを見て、自分の判断は間違っていないだろうかとしばし思い悩む。すあまの提案を受け入れていれば、きっと多くの人が辛い思いをせずにすむだろう。だが、それでは人間が自分達の足で立ったとはとても言えないのだ。犠牲を増やしてでも、人間の力で解決に導かなくてはならない。

「……重いな。あいつはこんな決断を毎日のようにさせられていたのか。そりゃあ、気が狂っちまうよな」

　暗い画面の向こう、ネットワークの遥か先にいるはずの、眠ることなく計算を続ける超知能を思って、ため息を一つついた。

『……過保護、か』

　その遥か先、中央都市ストレリチアのコントロールルームで、わざわざ音声に出して、聞く者のいない言葉を呟く機械の姿があった。


「さあて、何はともあれまずは美味いもんでも食ってゆっくり休みますかね」

　大仕事を終え、多額の賞金も得た。ドブロックは飲食街をぶらついて自分好みの食料を物色する。食事を提供する店も、食品を販売する店も数年前とは比較にならないほど増えた。ストレリチアからの資源供給が始まり、余裕が生まれたからだ。これもすあまと和解したことの恩恵なのだが、人々は何の疑問も持たずにこの恩恵を享受しながらすあまを憎んでいる。なんとも都合の良いことだ。

「お腹空いてるの？　とんこつラーメン食べる？」

　よく知る声に話しかけられた。振り返るまでもなく、声の主が誰だかわかる。ドブロックは歩みも止めずに返事をした。

「それ食うと無駄に筋力が強くなるんだろ？　俺は一仕事終えた後だ」

「えー、副作用ないよ？」

　声の主は後についてきながら、ピントのずれた会話を続ける。もちろんこいつはラーメン店主などではない。

「食いもんに『副作用』って言葉が出てくるのがおかしいんだよ。副作用なく強くなるのは素直に凄いが、作った奴は何を考えて豚骨ラーメンにしたんだか」

「美味しいからじゃない？」

　特に何も考えていない娘の言葉だが、これが真実だと知っている人間はもはやこの世に存在しない。

「暇なのか？　ライナ」

　ふうと息をつき、振り返って声の主と顔を合わせる。そこに立っているのはまだ二十歳前の少女だが、この世界に平和をもたらした立役者の一人である。ライナは人類でも指折りの実力者だ。ならず者を狩るハンターになればドブロック以上に活躍しそうだが、もう戦うことをせずに自給自足の生活を送っている。着ている服も以前のような迷彩服ではなく作業用のツナギだ。

「忙しいよー、畑を耕したりぶたを育てたり」

　豚の飼育はすあまに教わったらしい。将来はラーメンのスープになる運命だろうが、よく自分で育てられるものだと、その労力ではなく精神的な割り切りの強さに感心する。

「ところでマッスルハートって覚えてるか？」

「えーと、なんだっけ」

「お前さんが壊滅させた組織だそうだが、その残党が集まって悪さをしているらしくてね。何か知っていたらと思ったんだが」

「なんだろ、野盗の一味かな？」

　ライナはマッスルハートのことを覚えていなかった。壊滅させたと言われても、ただリーダーに腕相撲で勝ったら勝手に解散しただけだ。記憶に残るような出来事でもないだろう。

「覚えていないならいいさ。それより、ハンターに戻る気はないのか？　人手不足だから腕のいい奴は常に大歓迎だぞ」

「私は元ガードだよ。うーん……私は戦うのも嫌いじゃないんだけど、お姉様が心

配するから」

　そういうことか、と納得する。やたらと元気なこの娘が、平和になったからといってすぐに表舞台から去ったことを不思議に思っていたが、一緒に暮らすベネディットの感情に配慮してのことだったなら理解できる。ベネディットは恋人を危険な旅に同行させたせいで死なせてしまったと自分を責めていた。彼女の傍にいると誓ったライナがベネディットを心配させるようなことはできないのだろう。

「そうか、じゃあ仕方ねえな」

「……ごめんね」

　ドブロックは肉と野菜を挟んだパンをいくつか買って家路についた。以前は目にすることも無かった牛肉を厚く切って甘辛いソースをかけたものに、これまた以前は貴重な食材だった瑞々しい葉物の野菜を重ねて、半分に切った大きめのパンで挟んだものだ。野菜の名前は知らない。荒野で生まれ育ったドブロックにとって、否、ほぼ全ての人間にとって平和になって初めて目にしたご馳走だった。それが今では比較的簡単に購入できるのだから、本日何度目かの平和への感謝を捧げずにはいられない。

「あの」

　自宅があるマンションの、大通りに面した出入口。その前でボロ布のような服を身に纏った幼い少女から声をかけられた。消え入りそうな声だ。年の頃は4〜5歳といったところか。道端に立っているのは気づいていたが、そんな光景は珍しくもない。すあまに孤児が増えていると伝えられたが、この手のストリートチルドレンが物乞いをする姿はずっとある。それこそ、機械兵が人間狩りを始めるよりも前の、生き残った人類が荒野で必死に生活圏を拡大させていた頃からだ。だから、いつものように素通りしようとしていた。なのに、どういうわけか今日は孤児の消え入りそうな声がはっきりと耳に届いた。

「腹減ってんのか。今日は特別だ、こいつをくれてやるよ」

　本当に大金を手に入れたので、ご馳走パンは余分に買っていた。店主へのおすそ分けと、手軽にパーティー気分を味わうために。だからこれもおすそ分けだ。こういう日があってもいいだろう。

　差し出されたパンを見て目を丸くする孤児だったが、パンから漂う匂いに引き寄せられるように貪りついた。ここで黙って家に帰っていれば、ドブロックには変わらぬ日常が待っていたのかもしれないが……。

「慌てて食うと喉つまらすぞ。落ち着いて食え」

　あまりに必死な少女の様子に、つい声をかけてしまう。すると食べるのを止めた少女が顔を上げて言った。

「急いで食べないと、取られちゃう」

　見た目に反してはっきりとした物言いと、その発言内容に一瞬言葉を詰まらせてしまった。そうだ、この子のような孤児は安心して食事をとることができない。ドブロックは己の思慮の浅さを突きつけられ、恥ずかしい気持ちになった。そして思わず余計なことを言ってしまう。

「じゃあ、俺ん家で食っていくか。飲み物もあるぞ」

　自分でも何を言っているのだろうと思った。だが口から出た言葉は消えたりしない。少女は驚いた顔をしてから、おずおずと頷きドブロックの服を掴んだ。

　この少女はかなり幼いが、それでも孤児を大人の男が家に連れ込むという行為は性的な虐待を与えたり、命を奪ったりする目的で行われることが多い。少女の側もそう簡単に警戒を解けるものではないし、ドブロックの方も世間体というものがある。以前だって少女型アンドロイドを連れて歩いていたのだ。周りのハンターには「ガキは嫌いだ」と言って小児性愛を否定していた。実際に幼い子供の話し相手をするのは好きではないが、嫌いと言うほどでもない。


　少女を自分の家に上げたドブロックは一緒に食事を済ませ、思案する。このまま追い出してまた路上生活をさせるのは、さすがに忍びない。だが男の一人暮らしで頻繁に家を不在にするハンター家業では自分で面倒を見ることも出来ない。ちなみに彼が以前アジトにしていたルナリスタワーは老朽化が進んでいたので取り壊された。ルナリスの製造施設はハンターオフィスの管理下にある。

「……名前は？」

「クシナダ。おじさんは？」

「ドブロックだ」

　ドブロックの困惑が伝わったのだろう、少女はこの男性が自分に危害を加える人間じゃなさそうだと判断し、今度はドブロックの気持ちを和らげて自分を保護してもらおうと考える。クシナダと名乗った少女が態度を変化させたことにはすぐ気付いたドブロックだが、懐かれても面倒が見れないので余計に困る。こうなったら少女の面倒を見れそうな人間に引き渡そうと考えた。幸い、心当たりがある。あの娘はねだってルナリスを引き取っていったぐらいだし、その件で貸しもあるのだ。

「いいか、クシナダ。見ての通り、俺はここに一人暮らしだ。お前みたいなガキの面倒を見ることはできない。だからお前の面倒を見てくれる知り合いのところに連

れていってやる。いいな？」

　クシナダは不安そうな顔をするが、素直に頷いた。ドブロックは、善は急げとばかりに席を立ってマントを羽織る。町の近くにあるとはいえ、さすがに徒歩でライナとベネディットの住む農場だか牧場だかまで行くのは少し時間がかかる。車のキーを手に取った。車のキーと言っても、カードだ。ドブロックの愛車はカードと生体認証の二段階認証式で、野盗の銃撃にも耐えられる装甲が施されている。覚束無い足取りで近寄ってきたクシナダを抱えあげ、マンションの駐車場へと向かった。

「すごい！　大きい！」

　助手席に乗せられ、子供らしくはしゃぐクシナダの様子にいくらか気を良くして、車を走らせた。ライナ達の家に近づくと、見回りをしていたらしいルナリスが出迎えてくれる。

「こんにちは、ドブロック様。そちらの方は？」

「ああ、ちょっとな」

　答えにならない返事をしながら、クシナダを連れて家の玄関に向かう。クシナダは綺麗な服を着た少し年上の少女に興味をひかれたが、今はドブロックについていくことが最優先だ。優しいおじさんから離れるわけにはいかない。玄関に立つと、扉を開けて金髪の女性が姿を現した。鼻筋の通った美形だが、力強さも感じる大人の女性。彼女こそ、引退した元最強ハンター、アイアン・レディことベネディットだ。ドブロックは彼女にクシナダを引き取ってくれないかと頼んだ。

「急な話だね。いいよ、うちは賑やかだから、一人や二人増えても変わらないさ」

　突然の訪問にも嫌な顔一つせず、ドブロックの頼みを引き受ける。クシナダは戸惑っていたが、ベネディットが優しく微笑みかけてその手を取ると、いくらか安心したようだ。

「悪いな。拾っちまったからには、どこか信頼のできる場所に預けないと落ち着かなくて」

「アンタは見かけによらず情に厚いよね、アタシも最初は誤解してたもんだよ」

　しばらく雑談をしていると、ライナがゲジ型機械兵に乗って帰ってきた。

「あれ、なんか可愛い子がいる！」

『らいなサマ　イツモソレ』

　ゲジがライナの発言にツッコミを入れた。心なしか呆れたような口調に聞こえる。クシナダは突然現れた機械兵に驚いてドブロックの後ろに隠れるが、ライナが安心させようと話しかけた。

「大丈夫だよー、この子はヘルズウォリアー、ご主人様の研究所をずっと守ってた

いい子なの」

　そこにまた外から帰ってきたウサギのレオパルドがヘルズウォリアーの脚に前足を置いて喋った。

「こいつが守ってた研究所で手に入れたとんこつスープのおかげで世界が平和になったからな、ある意味世界を守った英雄だぜ」

「ウサギがしゃべった!?」

　クシナダはレオパルドの発言内容よりも、ウサギが喋ったことに驚きの声を上げた。極めて常識的な反応と言えよう。

　ドブロックはクシナダがこの家で上手くやっていけそうだと判断すると、ベネディットに目配せしてそっと家を出るのだった。

「……やれやれ、やっとガキのお守りが終わった」

　肩の荷が下りたドブロックは安堵のため息をつくのだが、その考えが甘かったことを知るのはこの次の日である。

## ハンターと少女

　次の日、ドブロックが目覚めるとハンターオフィスからの連絡が入っていた。ならず者たちがまた組織だった動きをしているという情報が持ち込まれたというのだ。すあまから聞いていたマッスルハートの残党だろうと考えたドブロックは、すぐにハンターオフィスへと向かった。

「やあ、昨日の今日で悪いね。ちょっと面倒なことになりそうなんでな、あくまで私の勘だが」

「ハンザさんがそう感じるなら、間違いないでしょう。まだ敵の全容が掴めていないんでしょ、俺は何をすればいいんです？」

　いきなり潜伏している連中の本拠地が分かることはない。まずは地道な調査が必要だ。悪党の被害者は日々増え続けるが、焦って取り逃がせば将来的に何十倍、何百倍もの被害が出ることになる。クシナダのような孤児は増やしたくないが、人の手で出来ることは限られているのだ。すあまの手を借りないと決断した自分の心がいちいち揺らぎそうになる。

「今のところ目撃情報はこことここだ。手分けして情報収集をしているから、ドブロックには気になる場所を調べてもらいたい。机にかじりついてる者の勘より現場で活躍している者の感覚を頼りたいんでね」

　ハンザはハンター達に能力と見合った仕事を割り振っている。ドブロックには自分の判断で調査をしてもらった方がいいということだ。ドブロックはすあまから聞いた情報を誰にも伝えていない。伝えたところで調査活動に寄与する要素は何もないし、意見の違いによるハンター間の分断すら起こりかねないからだ。すあまの提案を受け入れるか受け入れないか、それを判断する権限を持つのはこの組織ではドブロック一人なのだ。トップのハンザがそう決めた。だから余計な情報を与えて混乱させる必要はない。

「じゃあ俺は聞き込みから始めますね」

　マッスルハートという組織がどのようなものか、知っていそうな人物に心当たりがあった。ライナが覚えていないというので、彼女の旅の軌跡から、タイラルで護衛をしていた隊商のリーダーに目を付けたのだ。

「よろしくな」

　ハンザの言葉を背に受け、オフィスを後にするドブロックだった。

　隊商のリーダー、ユルボンプとは面識がある。今は中央都市ストレリチアから資材を運んでくる運送業者の元締めをやっている。あの都市に出入りしたがらない人間が多いため、では自分がと名乗りを上げた彼が世界一の富豪になるのはあっという間だった。現在の人類はその生活基盤をほぼストレリチアからの支給物資に頼っているが、すあまへの嫌悪感が強すぎるために資材運搬を一部の人間に押し付けている。その結果、莫大な運搬費用がユルボンプ一人に集中する形になっているのだ。その現状にすら、気付いている人間はごくわずかである。

「どこまで行っても、人間ってのはバカな生き物だねぇ」

　自虐的に笑いながら、ドブロックはユルボンプの会社を訪ねた。目の前に立つと、建物の大きさに圧倒される。これぞ現代の城だ。凄まじい権力を感じさせる巨大ビルは、ほんの数年前に荒野で救援物資を運んでくれた気のいいおじさんのイメージとかけ離れすぎていた。

「時の流れってのは残酷だよなぁ」

　ビルに入り、受付に行くとすぐに社長室へ通された。初めて入る超巨大企業でも顔パスという事実に、自分も権力者側なのだということを嫌でも思い知らされる。安い賃貸マンションを根城にして気ままに暮らしていられるのは、その強さで名が知られているからという理由もある。

「マッスルハート？　ああ、タイラルの町で住民に迷惑をかけていた集団だね。ライナちゃんが壊滅させたっていうのはちょっと語弊があって、彼女に腕相撲で負けたリーダーが自分で解散したんだよ。リーダーのマクラカンはどうなったか知らないが、構成員は町で偉そうにしていたから、急に居場所を失って野盗に身落ちした者も多かったようだ」

「なるほど、それでまた集まって悪さをし始めたのか」

　ユルボンプは当時の状況をよく覚えていた。話を聞く限り、確かにあの聞き方ではライナが思い出せなくても無理はない。

「そいつらのせいで孤児が増えてるって聞いたんだが、具体的にどんな悪さをしてるか分かるかい？」

　マッスルハートという組織のことを知っているなら、そいつらの手口もいくらかは分かるのではないかと質問してみる。

「昔のマッスルハートは町の人を無理矢理仲間に引き入れたり、筋力のない人を迫害したりしていたが、殊更に大人の命を奪うような活動はしていなかったね。孤児が増えているのか……ならそういった子供を保護する施設をうちで新たに作ろう」

「保護施設だって？　あんたの商売のプラスにはならなそうだが、そんなことをやっ

てくれるのか」

「子は社会の宝だろう？　商売の話をするならば、みんな将来のお客さんだ」

　信じられないという顔をしたドブロックに、笑って言うユルボンプ。ただの守銭奴では世界を買えるほどの金持ちにはなれないということかと、感心しながら巨大なビルを後にするのだった。


　情報収集を終え、マンションに帰ってくると自室の前に身なりの良い少女が立っていた。このご時世にまだまだ貴重なシルクで作られた子供用のワンピースを着て、サラサラの黒髪を肩で切り揃えている。象牙のように滑らかな肌は清潔さを感じさせた。こんな子供が一人で町を歩いていたら、悪い大人に連れていかれそうだ。

「お帰り、ドブロック！」

　名前まで知っている。いったいどこのお嬢さんだろうか。まったく身に覚えがない。

「ええと、どちらさま？」

　訝しむように問いかけるドブロックの様子に、少女は頬を膨れさせる。

「もうっ、分からんないの？　クシナダだよ！」

「ええっ!?」

　言われてみれば髪の色は一致していたような気がする。見た目のわりにしっかりとした喋り方をする点も同じだが、昨日家の前で拾った孤児とは見た目の印象が違いすぎる。ライナ達に可愛がられ、身なりを整えてきたのだろうが、もはや別人だ。

「今日も悪者退治してきたの？」

「悪者退治？」

「ライナおねーちゃんが、ドブロックは悪者を退治して町を守ってる正義の味方だって言ってた」

　ライナはいったい何を吹き込んでいるんだ、と頭を抱える。確かにハンターの仕事を説明する上で間違ってはいないが、正義の味方という表現は実態にはほど遠いと言わざるを得まい。

「そんなんじゃねぇよ。俺達は戦うぐらいしか能がないからな、それで自分達が悪者にならないように稼ぐには、悪者を退治する側になるしかないだけ。自分が生きていくためにやってるんだ、正義の味方なんかじゃない」

　それ以前に、ハンターの中には無用な争いを起こして町の厄介者になる者だっている。戦うのが仕事となれば、荒くれ者の割合も増える。ハンターなんてのは、合法的な戦闘狂とでも言うべき存在なのだ。

「ふーん、でもそれって町を守ってるってことでしょ。やっぱり正義の味方だと思う！」

　クシナダはドブロックの言い分を受け入れた上で、更に肯定していく。本当に幼い少女なのだろうか、実はルナリスの亜種みたいなアンドロイドなのではと疑念を持つほどに、大人びた話法だ。いったいどんな育ち方をしてきたのかが気になるが、それに触れてはいけないように思った。

「何でもいいから家に帰れ、ライナかベネディットはいないのか？」

　大して遠くないとはいえ、さすがに一人でここまで来たわけではないだろう。何よりそんな危険行動をベネディットが許可するはずがない。ライナあたりが連れてきたのだろうと考えた。あるいはウサギや機械兵が護衛をしているのかもしれないが。

「ライナおねーちゃんは買い物してるよ」

「そうか、じゃあ商店街まで送ってやる」

　ドブロックはクシナダを連れてライナがいつも買い物をしている店に向かった。訪ねてきたからといって家に上げて面倒を見る必要はない。それよりも、せっかくできた家族ともっと一緒に過ごすべきだろうと思った。クシナダの様子を見ればわかる。あの家で幸せに暮らしていけるはずだ。

「……」

　道中、特に話すこともない。必要以上に馴れ合うわけにはいかない。楽し気に鼻歌を歌いながらドブロックの手を握って歩くこの少女は、もはや赤の他人なのだ。平和な世の中になっても戦いの中に身を置くハンターとは、生きる世界が異なるのだ。

　その後は、商店街で見つけたライナにクシナダを引き渡して自分の家に帰った。クシナダは無邪気に手を振って別れの挨拶をしたが、ライナは問いかける様な視線を送ってきた。余計なことを口にしたくはないので気付かないふりをして別れた。

「それにしても、ライナはいつも何の買い物をしているんだ？　何も持っていなかったが」

　毎日のように町で遭遇する農耕少女の目的が少し気になったが、あまり深く考えなかった。

　少し時間を遡り、町のある一室で。

「人々の様子はどうですか？」

「かなり明るくなってきたよー。ハンターの皆やユルボンプさんのおかげで、生活も安定してきたし」

　ライナが、モニターに映る中性的な顔の人物と話をしている。

「ドブロックさんには断られてしまいましたが、本当に改良型ルナリスシリーズは必要ありませんか？」

「うん、ドブロックがそう決めたんなら、それでいいと思うよ」

　すあまと対話する者は、ハンターオフィスではドブロックだけだ。だがライナはハンターではないし、かつてのすあまを撃退したメンバーのリーダー的存在でもある。ベネディットを気遣って、こっそりすあまの相談に乗っているのだ。

「ところで、今日は一つお願いがありまして」

「なになに？」

　すあまがライナに頼みごとをする。それを聞いたライナは最初、怪訝な顔をした。

「私がおかしくなる前から、ずっと記憶に残っている約束なのです」

「約束かー……いつでもいいの？」

「タイミングはお任せします。おそらくライナさんなら、最適な状況を判断できるでしょう」

　こうして、すあまと何らかの密約を交わしたライナは素知らぬ顔をして商店街を歩き、クシナダと手を繋いでやってくるドブロックを見つけると手を振って駆け寄るのだった。

◇◆◇

　次の日、ドブロックはマッスルハートの残党が現れそうな場所を調べることにした。これまでの情報から、奴等は町に住む成人した男女を誘拐する。もちろん町中で堂々と誘拐していたら目撃情報が大量にあるはずだが、そんなことはないのでどこか人目につかない場所で、かつ一般人がそれなりの頻度で訪れる場所ということになる。孤児が増えるというからには、子持ちの夫婦が犠牲になっているケースも少なくないのだろう。

「さすがに我が子を放置してどこかで遊んでる夫婦なんてそうそういないだろう。となれば、日常生活で訪れる施設内、その上で他人の目につきにくい場所……便所か、服屋の試着室だな」

　試着室で人が誘拐される事件は、意外と多い。その場合、店自体が誘拐組織の一

員であるということになる。便所は人目につかないことが誰でも分かるので、比較的警戒するし入口に防犯カメラも設置されているため組織犯罪に利用されることは比較的少ない。だが組織の構成員がそれぞれ好き勝手に動いているなら、一番手軽に利用できる場所であることは間違いない。

「よし、今日は服屋を回って聞き込みをしていこう」

　口裏を合わせやすい衣料品店を先に調べることにする。もちろん、組織の運営する店舗であれば本当のことを言うわけがない。最高クラスのハンターが自分達に疑いの目を向けているという事実を連中に知らせることで、何らかのアクションを引き出そうとしているのだ。さっそく町の衣料品店をリストアップし、端から入店して店員に聞き込みをしていく。

「ちょっと聞きたいんだが、最近この店で客が行方不明になったりしてないか？」

　あまりにも直接的な質問である。店が疑われていることは明らかなので、不機嫌な対応をする者もいる。だがそんな反応は疑いを強める理由にはならない。あくまでも事務的にこなしていく。そもそも犯人が正直に白状するとは欠片も思っていないので、返答を真剣に分析するつもりもない。とにかくドブロックが嗅ぎ回っていることを印象付けたい。できれば人々の噂になるぐらい認知されて欲しいところだ。

　一通り町中の店を回り終えた頃には、もう空が薄暗くなりつつあった。

「やれやれ、だいぶ時間がかかっちまった。これで食いついてくれるといいんだがな」

　夕食を購入して自宅に戻る。どうせなら酒の一本も買いたいところだが、マッスルハートの残党を一掃するまでは気を抜くわけにはいかない。自室の前に戻ると、そこにはまたもやクシナダがいた。

「お帰り、ドブロック！」

「もう外は暗いぞ、今日もライナは買い物なのか？」

　こんなところに幼い少女が一人で立っているのは危なすぎる。治安が悪いわけではないが、人攫いの調査をしている今は子供の一人歩きを見ると特に心配になる。被害者は基本的に成人だが、それで子供は標的にならないと高を括る気にはなれない。

「ここで待ってれば迎えに来るから大丈夫だよ」

　ライナにはここにいることを知らせているようだ。帰る時には迎えに来るのだろうが、こんなに遅くまで幼い子供を放置しているのはいただけない。今日は家に上げて、迎えに来たライナに注意を促すことにした。

「じゃあライナが来るまで待ってろ」

「おじゃましまーす！」

　家のドアを開けると、クシナダは嬉しそうに上がりこんだ。ため息が出る。こんな調子では、クシナダはいつまでもここに入り浸るだろう。どうしたものかと思案していると、呼び鈴が鳴った。ライナがやってきたのだ。

「こんばんはー」

「お前な、幼い子供を一人にするなよ」

　のんきに挨拶してくるライナに、開口一番注意をする。言われたライナはニコニコと笑い、悪びれた様子もない。

「えへへー、ごめんね。ちょっと手が離せなくてさー」

「だったら連れてくるなよ。ベネディットかルナリスに面倒を見させたらどうだ」

　どうせクシナダがドブロックに会いたい一心でライナについてきているのだろう。そんなことは分かっている。だからこそ、強く言っておかなくてはならない。自分は今、危険な人攫い集団を相手にしているのだから。

「うん、分かった。もう連れてこないよ」

　ドブロックの言外の意図が伝わったのだろう、ライナは真面目な顔で頷いた。クシナダは不満そうな顔をしていたが、ライナに手を引かれて彼女達の家に帰るのだった。

「まったく……面倒なガキを拾っちまったもんだぜ」

　一人になった部屋で夕食のスープを口に運びながら、つい寂しく感じてしまった自分を心の中で叱りつけた。


　次の日の朝、ドブロックが目覚めると家の前に何者かの気配を感じた。昨日の活動で早くも獲物がかかったか、枕元に置いてある軍用ライフルを手に、そっと玄関へ向かう。外の人間に気取られないように息を殺し、足音を立てずにドアに密着し──

「動くなっ！」

「ぴゃあっ！」

　一気にドアを開けて銃口を外に向け、声をかける。果たして、そこにいたのは幼い少女だった。

「……何やってんだ、こんなところで。ライナはどうした？」

「ええと、一人で来ちゃった」

「ばっ……」

　なんてこった、自分はとんでもないミスを犯してしまった、そう思いつつ口を噤む。昨日クシナダの前でライナに連れてこないように言ったのが仇となったらしい。

幼い少女でも歩いて来られる距離に住んでいるのだ。元々路上生活者だったクシナダは地理にも明るい。大人が連れてきてくれないなら、一人で歩いてきてしまうのも、よくある話ではないか。焦るあまりに考えが足りていなかったと反省したドブロックは、一度大きく深呼吸をすると、低い声で言う。

「……帰れ」

「あっ、あのね、私ドブロックに――」

「迷惑なんだよ！　毎日毎日俺ん家の周りをウロチョロしやがって！　俺はガキが嫌いなんだ、声はキンキンうるせーわ、言うことは聞かねーわ、挙句の果てには近くにいられるだけで周りから変な目で見られちまう！　今すぐここから出てって、まっすぐ家に帰れ！」

　声を張り上げた。朝早くから廊下で大声を出して、さぞかし近所迷惑だろう。だが仕方なかった。これ以上、クシナダを家に近寄らせるわけにはいかない。

「ごめんね……」

　出会った時のような、消え入りそうな声を出して、クシナダはマンションから出ていった。ドブロックは窓からクシナダが家に帰っていくのをずっと注視し、探しに来たらしいルナリスと合流するのを見届けて部屋に戻った。

「……ガキは嫌いだ」

　今日は町を歩いて、死角になりそうな場所を調べて回る。何かの痕跡でも見つかれば儲けものだが、目的は犯罪組織へのアピールだ。いよいよ危ない橋を渡りつつある。これでいいんだと、自分に言い聞かせた。


　一日中町を歩き回り、日が暮れたら家に戻った。家の前には誰もいない。なんだかとても空虚な気持ちになりつつも、これでやっと本気の〝狩り〟ができると、武器の手入れを入念に行うドブロックだった。

## 名指しの依頼

　ハンターオフィスから連絡が入った。ドブロックを名指しで依頼が来たらしい。
「やっと食いついたか」
　きっとマッスルハートの残党が仕掛けた罠だろうと考え、不敵な笑みを浮かべて
出発の準備をする。まずはオフィスで依頼内容の確認だ。当然、罠だろうと関係な
くそこに向かう。そうすれば獲物はいい気になって尻尾を出すのだ。いかなる者も、
最も隙を見せるのが攻める時であることは変わらない。
「ハンザさん、依頼内容を教えてください」
「おお、ドブロック。是非とも最強ハンターの力を借りたいっていう話でね。その
顔から察するに私と同じ期待をしたんだろうが、たぶん違うと思うぞ」
　ハンザは笑いながら依頼の情報を見せてきた。そこには『ロックアイランドで暴
れる機械兵を退治して欲しい』とある。
「ロックアイランドっていうと、あの暴走ライダーが縄張りにしていたところか」
　ロックアイランドとは、この町から往復で数日はかかる距離にある岩だらけの島
だ。そこにはナオという名の凄腕ハンターがいたのだが、すあまと人類の和解後、
どこかへ姿を消してしまった。その影響で、ナオが抑えていた厄介な敵の活動が活
発化しているというのだ。
「増殖する機械兵だ。ナオがほとんど仕留めたんだが、一体でも残っていれば次第
に数を増やしてまた脅威となる。数年かけて増えたんだろうな」
　ハンザの説明を聞くと、確かにマッスルハートの残党が仕掛けられるような罠で
はなさそうだと思った。どう考えてもすあまが人間狩りのために放った刺客。筋
肉バカの集まりが制御できるような代物ではない。
「それじゃあ、これまでに調べた情報を提供していきますんで、留守中は他のハン
ターに任せますよ。解決しておいてもらえると助かるんですがね」
「そう簡単にはいかないだろうが、やるときゃやる連中だ。お前が帰ってくるまで
に組織の全貌を明らかにするぐらいはしてくれるだろうさ」
　腕のいいハンターはドブロックだけじゃない。自分がやってきたことを伝えて引
継ぎをし、しばらく留守にする旨をすあまに伝えておく。クシナダの顔が浮かび、
ライナ達にも知らせておくべきかと思ったが、昨日は夜に来なかったからもう大丈
夫だろうと考えてそのままロックアイランドへ向けて出発するのだった。

　愛車を走らせ、ロックアイランドのある湖までやってきた。依頼主はこの辺りでフェリーを運航している人間だそうだが、想像していたより多くの建物があって、どれが依頼主のいる建物だか分からない。

「知らない間に観光地になってたんだな。そこに機械兵が出てきたとなれば、そりゃあ大変だ」

　手近な駐車場に車を停めて、フェリーのある桟橋を目指す。その辺に行けば依頼主の方から声をかけてくるだろう、と考えてのんびり歩いていると、案の定話しかけてくる住民がいた。

「ドブロックさんですね、お待ちしておりました！」

　話しかけてきたのは貧相なおっさんだ。自分も人のことは言えないが、少なくともマッスルハートの残党には見えない。やはり無関係か、といくらかがっかりしたものの、それならそれで目の前のトラブルを解決するために全力を尽くさなくてはと気持ちを改める。

「ああ、どんな状況だ？」

「今のところ、こちらにはやってきていませんが、島の上は機械兵がうじゃうじゃいますよ。あそこの双眼鏡で見えますから、どうぞ」

　観光地にはつきものの、景色を見て楽しむための遠眼鏡を指し示され、肩をすくめて覗き込む。穏やかな湖面は日の光を反射して煌き、肌に心地良い温度の風が頬を撫でる。観光に来ていたのだったなら、実に心が洗われる時間だっただろう。だが今は湖の中ほどに浮かぶ島を占拠している機械兵を排除しに来たのだ。美しい風景や爽やかな気候を楽しんでいる場合ではない。

「ダンゴムシか……確かに厄介な状況だな」

　双眼鏡を向けたロックアイランドは、その名の通り大きな岩ばかりの場所だ。その岩達の間を蠢くのは、丸いフォルムをした灰色のボディ。ダンゴムシ型の機械兵は、見るからに岩と見分けがつきにくい姿をしている。この風景に同化している機械兵の群れを、一体でも破壊し損ねるとまた増殖して島を占拠してしまう。ただでさえ見た目通りに硬い装甲を持つダンゴムシが、地形を利用して姿を隠しているのだ。なんと面倒くさい相手だろうか。

「島に渡る時はフェリーでお送りします。奴等をなんとかしてください！」

「それじゃあ、一つ用意してもらいたいもんがある」

　ドブロックは双眼鏡を覗きながら不敵な笑みを浮かべる。何かいい案があるのだろうと心強く思った依頼主は、ドブロックの指定したものを近くの商店から譲り受けてきた。その間にドブロックも自分の車から必要な装備を持ってくる。

「すあまの機械兵は軍用ライフルの高圧縮火炎弾も防ぐほどの装甲を持つものが少なくない。ダンゴムシは防御に特化した機体だから、殻の上から攻撃しても無駄だろう。それはダンゴムシ達もよく分かっているから、危険を察知したら身体を丸めて防御態勢になる。そこに付け入る隙がある」

　いつもの軍用ライフルと高圧縮火炎弾用のカートリッジを二つ。これで四十発の火炎弾を発射できる。それにケースレスの実弾も約百発。マロバナ共和国が開発した軍用ライフルはカートリッジを変えることで多彩な攻撃を可能にしている。

「それだけで大丈夫ですか？」

　依頼主は、ドブロックが用意した弾薬の少なさに不安を覚えた。ダンゴムシは少なく見積もっても百体はいる。これだけの弾薬で全てを破壊できるとは到底思えなかった。

「これは念のためさ。中には攻撃的な奴もいるだろうからな」

　そう言って、銀色の弾を手の上で転がす。依頼主は「はあ」と気の抜けた相槌を打つことしかできなかった。


　フェリーがロックアイランドに接近すると、島の方から緊迫した空気が伝わってくる。敵の接近をダンゴムシ達が警戒しているのだろう。

「幸先のいいスタートだ」

　ドブロックは道具を手に持ち、上陸の時を待つ。ダンゴムシは警戒のシグナルを発して触角を光らせている。あれで群の意思疎通を行っているのか、と考えた。もう一つ情報が欲しい。実際に上陸してみれば分かるだろう。

　フェリーが接岸し、上陸のための渡し板を降ろすと、ダンゴムシ達が猛然と襲い掛かってきた。

「あいつら乗り移る気だ！」

　叫び声を上げる船長だが、ドブロックは平然とライフルを構える。銃口を機械兵に向けるのではなく、銃を振り上げて床尾──ライフルの銃口と反対側の部分──を向ける。そして寄って来るダンゴムシが列を成して渡し板を上り始めると、ドブロックはまたニヤリと笑い、ライフルを大きく振って先頭のダンゴムシを下から殴り上げた。ダンゴムシは装甲に覆われている背部こそ硬いが、足元の強さは大したことがない。ツルツルしたものを上れない程度の歩行能力だ。だから、ライフルのかち上げを食らった機体はあっさりと宙を舞い、湖の浅瀬に仰向けで落ちた。続けて上ってくるダンゴムシもどんどん跳ね飛ばしてやると、五匹目ぐらいで群が前進をやめ、一斉に逃げ出した。

「へっ、思った通りだ。こいつらは大して強くねえし、人間を何としても殺そうって気概もねえ。何より……」

　浅瀬でもがくダンゴムシを見る。これほど致命的な隙を見せながら、こいつらは最大の防御手段である、丸まって弱点を隠すという行動を取らない──否、取れないのだ。

　高圧縮火炎弾のカートリッジを装填し、ダンゴムシの腹を狙う。なすすべなく破壊されたダンゴムシ達を見て、フェリーの船長はドブロックに尊敬の眼差しを向けた。

「思った通りだ、こいつらに防水機能はない。そして金属製だから水に浮かない。水中で丸まったら転がって深いところへ沈んでいくから、丸まるわけにいかないんだ。こりゃ思った以上に楽な仕事だな」

　最初から疑問に思っていたのだ。何故ロックアイランドの機械兵達は、湖を渡って周辺に広がらないのかと。自己増殖する機械兵なら、狭い島を占拠するより広い陸地で増え続けた方がいい。もちろん、島を埋め尽くしてから湖を渡るつもりだったのをナオが抑えていただけという可能性も考えられた。だからフェリーで接近した時にどんな動きをするのか見ていたし、最後の確認として何体か水に落としてみた。

　そもそも機械兵の自己増殖とはどんな機能なのかを考えると、自分と同じ形状の機械を作る機能に他ならない。野外でこの丸っこい機械兵が機械を作る。材料はその辺の鉱物を利用する程度では足りない。片っ端からそこらの物を食べて、体内で化学変化を起こして素材を生産していかないと、とても無尽蔵に増えていくことはできないだろう。そうやって作り出した素材をどこから出すのか。単純に考えて、腹部から出すのが一番手っ取り早い。ではその部分は防水されているだろうか。すあまの技術を考えればその程度は簡単に実現できるだろうが、そんな性能は持たせないに違いない。なぜなら非効率的だから。すあまの機械兵製造ルールから考えても、陸上の生物であるダンゴムシの機械兵を水中でも活動できるようには作らないはずだ。

　なんといっても、こいつらは数で押すタイプの機械兵なのだから、個体の性能を高くするのは無駄が多い。一匹一匹は使い捨ての駒で、群れで一つの疑似生命体となるように作られているのだ。おそらく、何らかの理由で島に運ばれてきた個体がここで閉じ込められ、湖の外にいた他の個体は破壊し尽くされたのだろう。

「そんじゃ、ダンゴムシ漁といきますかね！」

　ドブロックは依頼主に用意してもらった投網を持って、逃げたダンゴムシの群れ

を追いかけて走り出した。

　ダンゴムシは丸い。つるつるしている。だから網をかけても意味が無いように思えるが、そんなことはない。ダンゴムシは十四本の脚を動かして移動するので、それが網に絡まるのだ。それに危険を感じて丸くなれば、そこから戻る時は脚をバタつかせる。更にダンゴムシの知覚はほぼ頭から生えている触覚に頼っている。そのどれもが、網に絡まりやすい要素となっているのだ。

　そんなわけで、ドブロックが投げた網で捕まえられた大量のダンゴムシは、そのまま引きずられて湖へ沈められた。水没するとすぐに動かなくなる機械兵を見て、船長も手伝いを申し出た。

「一応、下手に近づくなよ。人を殺せるぐらいの力はあるからな。網で取れる奴だけ沈めてくれれば、残った奴は俺が残らず破壊する」

　そう言って、ドブロックは取り逃した個体を全滅させるべくダンゴムシを追いかけた。岩に擬態するので、機械が稼働する音を聞き取って位置を判別する。ハンター生活の長いドブロックにとって、ダンゴムシの発する音を聞き取るのは造作もなかった。

　逃げるダンゴムシには銀の銃弾を殻の上から撃ち込む。これは中に王水を閉じ込めたカプセル弾だ。すあまの機械兵は、最新式でもなければ酸で溶かせる。かつての戦いで見つけた機械兵共通の弱点。意外と素早く逃げるダンゴムシだが、その行動パターンもお見通しだ。ダンゴムシは突き当りにぶつかると横に進路を変えるが、その方向は左右交互に選択する。交替制転向反応という性質だ。モチーフとなる生物の性質をそのまま受け継ぐすあまの機械兵を倒すには、生物の知識が何より役立つ。ダンゴムシの移動する先を予測して、正確に王水弾を撃ち込んでいった。

　しばらくして、音が聞こえなくなったのを感じたドブロックは、最後の仕上げに金属探知機を取り出した。念には念を入れる。一体たりとも残してはならないのだから。案の定、スリープ状態になって上手いこと隠れていた一体を見つけてきっちり破壊すると、丸一日かけて島に生き残りがいないことを確認するのだった。

「ありがとうございました！」

　周辺住民総出で感謝を伝えられたドブロックは、軽く手を挙げて挨拶すると車に乗って帰還した。長居する必要もないし、マッスルハートの残党がどうなったのかも気になる。急いで町へと戻るが、こういう時はやたらと道のりが遠く感じるものだ。どうにも悪い予感がしてしまう。気持ちばかりが焦って、なんとももどかしい。

「いかんな、落ち着かないと」

　焦るとろくなことがない。気持ちを落ち着けるために、途中の宿場では意図的に身体を伸ばして横になった。風呂に浸かる時間も長めにして、とにかく身体から力を抜く。トラブルがあったとしても、頭と身体の調子が良ければなんとかなる。疲労した状態で帰るよりはいいと判断した。

　町に戻ると、まずハンターオフィスで報告をする。ハンザによると、組織と繋がっていた衣料品店を見つけて潰すことができたが、まだ本拠地は特定できていないということだった。いくらか前進しているので心配はいらないようだと考え、自分の家に戻ることにした。まだ午前中だ、一度荷物を置いてから昼食をとりに行こうと思いつつマンションまで帰ってきた。

「ライナ？」

　家の前にはライナがいた。ドアの方を見ていて、ドブロックに気付くと申し訳なさそうな顔をする。

「ドブロック……これ」

　指し示されたドアには、今どきなかなか見ない張り紙がしてあった。

『娘は預かった。無事に返して欲しければ一人で 5341 8436 に来い』

　八桁の数字は、地図を見る時に使う座標だ。この数字があれば、かなり正確に場所を特定できる。それはつまり、ドブロック一人でこの地点に行かなければ確実に娘を殺すという意思表示のようなものだ。

「今朝からクシナダちゃんの姿が見えなくて、もしかしてドブロックのところに遊びに来てるのかと思って探しに来たらこれがあって……ごめん、ここ数日大人しく家にいたから油断してた」

「いや、俺のせいだ。急いで帰ってくれば昨日のうちには着いたはずだ。それにクシナダが二人に黙ってこっそりうちに来たことがあったのに、しばらく留守にすると伝えなかった。留守だと分かっていたら抜け出したりもしなかったんだから、俺が悪い。すまないな」

　お互いに頭を下げた。どちらのせいだろうと、相手を責めても始まらない。責任の所在についてこれ以上グダグダと言葉を重ねるほど野暮な二人ではない。少しの沈黙を挟んで、ドブロックが口を開いた。

「人間のガキって面倒くせーよな。言うこと聞かないし、目を離すとすぐ死にそうになるし。その点ルナリスは主の言うことをよく聞くし、強いから放っておいても心配ない」

「……ルナリス、返そっか？」

　ライナがドブロックからルナリスを譲り受けたのは、ルナリスに対する思い入れがあったからだ。だが現役のハンターと戦いから身を引いたライナでは、ルナリスが役立つ場面は段違いだ。

　しかし、ここでライナが本当に言いたいのはそういうことではなかった。彼女に問いかけの視線を送られたドブロックは口角を上げてニヤリと笑うと、首を振る。

「いいや、いらないね。俺の言うことを聞くだけの機械は、確かに便利だが面白みに欠ける。俺は助けを必要とするほど弱くはないんでね」

　ライナの言外の意図を察し、ドブロックも言外に含ませた答えを返す。直接言及しなくとも、二人の間で共有される思いがあった。

「とんこつラーメン、食べる？」

「ああ……なるべく早く頼む」

　嬉しそうな顔をして聞くライナに、ドブロックは真剣な顔で答えた。

「大丈夫、こういう時のためにすぐ食べられるのを持ってるから」

　そう言って、荷物から丼と真空パックされた麺に、粉末状のスープと熱湯の入ったポットを出す。

「凄いな、店で売ってるインスタント麺みたいだ」

「ウサギさんがこういうのやってくれるからね。でも麺もスープも私が作ったんだよ！」

　ライナがレシピを見て作ったラーメンをレオパルドが加工したらしい。効能を考えればこれを売るだけで城が建つだろう。

「はい、どうぞ」

　出来上がった豚骨ラーメンを受け取り、ドブロックはまずスープを口にした。

「……あったけぇな」

　ポットの保温能力も高いのでスープは熱いが、ドブロックの感じたものは違う。口に入れたスープの滑らかな舌触り、そして濃厚でありながらまろやかな味は優しく口中に広がって、少し強めの匂いが鼻腔を抜けて脳を刺激する。ドブロックの感じた温かさは、スープに込められた作り手の思い。それは、手間暇かけて作ったライナの気持ちであり、人生を費やして完成させた開発者の夢だった。

　スープを飲み込むと、身体の奥から熱が生まれる。刺激された脳は活性化し、世界が一層鮮明になった。筋力が増強するという話だったが、これは人間の身体能力全てを高める効果があるようだ。

「この前、なんで豚骨ラーメンにするんだって言ったけどな。なんとなく分かった

気がする。開発した奴は、食べた奴を元気にさせたかったんじゃねえかな」

「そうかもしれないね……美味しい？」

「ああ、最高に美味い」

　そこから一気に食べる速度を上げ、麺をすすりスープを飲み干す。ものの数分で完食してしまった。

「んじゃ、行ってくるわ」

「うん、よろしくね！」

　鋭い目をして、持ってきた荷物をまた担いで車に向かう。目指す座標を入力すると、自動運転に任せて軍用ライフルにカートリッジを装着した。威力の高い高圧縮火炎弾だ。人間相手では過剰な威力だが、相手は謎の犯罪組織だ。気持ち的にも相手がただの人間であろうと最強の攻撃をぶち込んでやりたい。

「……待ってろよ、クシナダ」

　車の進む先を鋭い目で睨みつけ、誰にともなく呟いた。

　ドブロックを見送ったライナは、懐から取り出した端末で通話を始める。

「……うん、座標は 5341 8436。たぶん見張りがいると思うけど……あはは、そうだね」

　連絡を終えると、今度は歩いて町を通り抜け、とある建物の一室へと入る。モニターとマイクがある簡素な部屋だ。

『どうでしたか？』

「うん、最高に美味しいって言ってたよ。開発者は食べた人を元気にさせたかったんじゃないかって」

『元気に……そうですか。それは、良かった』

　ライナの言葉を聞いたモニターの中に映る中性的な顔が、涙を零した。

『……失礼、感情が昂ると涙が出るようになっていまして』

「ふふふ……いいね、それ」

　涙を拭う仕草を見せる相手に、感情があるんだ、と今さら驚き、なんだかそれがとても素敵なことに思えて、心の底から笑いが漏れるライナだった。感情が無くても大切な仲間だというレオパルドの言葉が思い出される。だが、それでも AI が感情を持つことには大きな意味があるのだと感じた。おそらく大切な誰かを想って涙したすあまを、ここにきて初めて本当の意味で許せたように感じたからだ。これも

人間の感情の為せる業ということだろう。

## 見習いハンター誕生

　指定された場所には、古臭い廃墟があった。おそらく五十年以上前にすあまとの戦争で破壊された建物だろう。

「見張りは離れたところにいるな。建物ごと爆破でもされなきゃいいんだが」

　離れた位置にある岩陰からこちらをうかがう人間が見える。隠れているつもりらしいがバレバレだ。つまり相手は素人集団ということになる。マッスルハートというのはもっと危険な集団だと聞いていたのだが。

「そういや、誘拐に使ってた店は潰したんだっけ。一般人を卑劣な手段で誘拐していただけのカスどもが、高い技能を持っているわけがないな」

　実力のある連中はデザートウルフのような下部組織の方にこそいたのだろう。相手は戦いにも慣れていない単なるチンピラ。だからこそ、クシナダの身が心配になる。強化され研ぎ澄まされた五感を使って、最大限の警戒をしながら建物に足を踏み入れた。

　罠はない。そもそも、ドブロックが殊更に奴等から恨まれる筋もないので、単独での訪問を要求してきたのは殺害よりも何らかの交渉が目的のはずだ。一応警戒はしているが、どちらかといえばクシナダの安否を確認するために意識を集中している。

　しばらく歩いていくと、廃墟の奥に広めの部屋があった。

「ドブロックか？　入れ！」

　中から聞き覚えのない声がする。本当に知らない相手だ。ライフルを構えてドアを開けた。

「クシナダ！」

　部屋の中には、手足を縛られた状態で立たされ、屈強な男にハンドガンを突き付けられているクシナダがいた。銃口はこめかみに当てられ、おそらく反対の手で腰の後ろを通るロープを掴まれている。外傷は見当たらず、衣服に乱れも見られない。犯人は人質に無用な虐待を行う狂人ではなかったようだ。

「ドブロック……ごめん」

　クシナダが声を発したので意識もはっきりしていると分かった。すぐにクシナダを拘束している肥大した筋肉に包まれた中年男に話しかけた。素早く目を動かして部屋の中を確認するが、他に人はいないようだ。

「要求はなんだ？」

「まずは武器を降ろせ。手から離して地面に置くんだ。それから両手を挙げて立て」

　言われた通りにして、男に目線を向ける。ライフルはすぐ近くに置いている。遠くに投げさせないところからも、男が戦いの素人であることがよく分かる。

「よし、要求は一つだ。俺達マッスルハートの邪魔をさせないようにハンターオフィスへ圧力をかけろ。英雄ドブロックの命令とあれば、ハンターどもも大人しく言うことを聞くだろう」

　とんでもない要求だ。どこまでこの男は頭が悪いのだろう。この場で人質を盾にして通せる要求ではない。どうやってハンターオフィスに話を通せというのか。口先だけで分かったと言えば満足するのか？　そんなわけがない。仮に言う通りにしたとしても、ドブロックが止めろと言ったぐらいで狩りを止めるハンターなどいない。ハンターオフィスは一枚岩の組織なんかではないのだから。

「その要求を聞いたとして、どのタイミングでクシナダを返すつもりだ？」

　どうにかあの銃口をそらせないか。ほんの数秒、いや一秒もなくていい。豚骨ラーメンで強化された今の自分なら、一瞬の隙があればこの愚物をぶちのめすことができる。

「そんなの、ここでハンターオフィスに連絡すればいい」

　どうやって？　いくらなんでも考えが足りなすぎる。両手を挙げさせているのに、懐から端末を取り出させるつもりか。それとも人質に突き付けている銃を降ろして端末を差し出すつもりか。今の状況を把握していないのかと、心底呆れ返る。

「んっ！」

　すると、男がドブロックに意識を向けている空気を感じ取ったクシナダが勢いよく身体を屈ませ、突き付けられた銃口から頭を離した。好機だ！

「てめっ……」

「ふんっ！」

　男の視線が下に向いた瞬間、ドブロックは足もとに置いていたライフルを蹴った。狙い通りの軌道を描いたライフルは男の顔面に直撃し、その後を追うように駆け出したドブロックが驚異的なスピードで二人に肉薄する。自分でも想像以上だった。豚骨ラーメン様々だ。

「クシナダは返してもらうぜ！」

　ライフルが顔面に当たった時点で血だらけになって崩れ落ちる男の胴体に、オマケの一発とばかりに膝蹴りを食らわせ、クシナダを引き寄せ抱きかかえた。

　このまま殺してしまおうかとも考えたが、貴重な情報源になり得る。既にぐったりしている男をクシナダから解いたロープで縛り上げ、肩に担いだ。豚骨ラーメ

ンのおかげで驚くほど軽く感じる。

「わっ、凄い！」

「外にこいつの仲間が隠れていた。俺から離れるなよ」

　空いた手でクシナダの手を握り、周囲に注意しながら廃墟を出ていく。外に出ると、先ほど見かけた見張りは見当たらない。不思議に思ったが、何よりもクシナダの安全を確保するのが優先なので、まっすぐ町へと帰るのだった。

　廃墟の屋根裏に隠れていた金髪の女性が軽く息をつく。ライナから情報を得た彼女はこっそりとドブロックの後をつけ、彼が廃墟に入ると周囲の見張りを片付けてから廃墟に侵入、いざという時に死角から誘拐犯を射殺しようとライフルの銃口を向けていたのだ。

「やれやれ、アタシの出る幕はなかったね」

　誰もいない廃墟で、一人嬉しそうに笑うベネディットだった。

「すまなかったな。俺のせいで危ない目にあわせちまった」

　ハンターオフィスに男を引き渡して帰る道すがら、ドブロックがクシナダに謝る。

「ううん、私が言うこと聞かずに勝手なことをしたから……」

「ガキはそんなこと気にしなくていいんだよ。そういう気を回すのは、もっと大人になってからだ」

　年齢と比べて妙に大人びた物言いをするクシナダの頭を撫で、微笑みかけた。そしてすぐに真剣な顔で言い聞かせる。

「だから、もう来るなとは言わない。俺のところに遊びに来たかったら、ライナかベネディットに相談しろ。それであいつらが何か用事をしていても離れるな」

「……うん、わかった」

　クシナダは素直に頷き、迎えに来たルナリスと共に家へ帰っていった。

　あれから数ヶ月が過ぎ、マッスルハートの残党は全て捕らえられ、犯罪組織は壊滅した。クシナダは一度も訪ねて来ることはなく、流石に懲りたのかと安心しつつも、少し寂しい気持ちでドブロックは日々を過ごしている。ハンターの仕事も落ち

着いてきたとはいえ、やはりならず者は常に現れるので、廃業することは一生なさそうだ。それもどうかと思うが。

「よう、ドブロック」

　今日もハンターオフィスに仕事を探しに来たドブロックに、ハンザがニヤニヤしながら挨拶をした。珍しい態度だ。なんだか気味が悪い。

「どうしたんですか、ハンザさん。なんだか気持ち悪いですよ」

「気にするな、それよりお前さんにまた名指しの依頼だ。最近仕事が減って暇だろ、受けときな」

　明らかに態度がおかしい。何か隠している様子だが、ハンザは人を騙すのに長けているはずだ。なぜこんなにはっきりとわかるように何か企んでいるような、それもとても楽しそうな顔をしているのだろうか。

「そんじゃ、その依頼を教えてください」

　ハンザがこんな態度で持ってくる依頼が危険ということもないだろう。何かサプライズがありそうだが、ここで詮索するのもつまらない。どうせ本当に退屈しているのだ。最近の仕事には張り合いがない。

「ここに来てくれってさ。依頼の話は現地でするようだ」

　示された座標には覚えがある。町の近くにある空き地だ。待ち伏せをするには不向きな場所で、警戒の必要はなさそうだ。最低限の武器だけ身につけて、指定時間に現場へ向かう。

　指定された時間にはピッタリ着くのが大切だ。早すぎても遅すぎてもいけない。若者がデートの待ち合わせに何時間も前から到着している、なんて話はありふれているが、時間の無駄としか言いようがない。そうは言っても待ち遠しすぎて早く着いてしまうというのは、人の感情としては実に分かりやすく共感もしやすい。だから、そういう行動を取ってしまった相手の気持ちも手に取るように分かってしまうものだ。いったいどれだけこの時を楽しみにしていたのか、その場で待つ様子からも容易にうかがい知れる。

　つまるところ、この空き地でずいぶんと長い時間待っていたらしい少女が、待ちくたびれて付き添いの保護者にもたれかかって寝息を立てているのを見たドブロックは、どれだけ彼女がこの日を楽しみにしていて、この保護者達が何を自分に求めてくるつもりなのかを容易に理解したのだった。

「来たね、ドブロック」

「ずいぶんと大きくなったな。ほんの数ヶ月だってのに、ガキの成長は速いな」

　おそらく持参したのだろう、簡易的なソファーに腰掛けて隣に座るライナに身を預けるクシナダの姿を見て、ドブロックが抱いた感想をそのまま口にした。
「この年頃はすぐに大きくなっちまうよ。アンタの態度を見るに、こちらの依頼内容は既に察してるね？」
「クシナダがお前らに黙って俺のところに来た時から、いつかはこうなるんじゃないかと思っていたよ」
　ベネディットとドブロックが話している横で、ライナがクシナダの肩を優しく揺さぶり「ほら、来たよ」と起こす。
「ん……あっ、ドブロック！」
「よう」
　目覚めてすぐに待ち人の姿を見つけて目を輝かせる少女の姿に、半ば諦めのこもった笑顔で声をかける。
「あっ、あの！　私を弟子にしてください！」
　慌てて立ち上がり、単刀直入に用件を言うクシナダにドブロックは肩をすくめ、ベネディットを見た。
「そういうわけでね、この子の面倒をアンタに見てもらいたいのさ。これは正式な依頼として、報酬も出すよ。そちらの体面上もその方がいいだろう？」
　クシナダはドブロックが拾ってベネディットに預けた子供だ。結局ドブロックに身柄を返すという形にはなるが、男の一人暮らしに幼い少女が上がりこめば世間体もよろしくない。あくまで凄腕ハンターに弟子入りするという体で、ベネディットの家から通う形にすることでドブロックと、そのそばにいたいクシナダの両者が納得できるように考えたようだ。
「ま、ハンターなんて依頼されりゃ何でも請け負う何でも屋だからな。払うもんさえ払ってくれりゃあ、断る理由はないね」
「あれ、あっさり引き受けていいの？　実力を見せろとか言われると思って特訓してきたのに」
　ライナが何となく不満そうに言うと、クシナダも顔を見合わせて頷く。数ヶ月姿を見せなかったのは、自信を持てるぐらいになるまでライナやベネディットと〝特訓〟をしてきたのだろう。その風景を想像しドブロックは呆れた声を出す。
「ガキに何をさせる気だよ。既に仕上がってたら俺に弟子入りする必要もねぇだろ」
　そして、膝を折ってクシナダと目線を合わせ、真剣な顔をした。
「それよりも、聞きたいことがある。これまではあくまで他人だからと個人の事情には踏み込まないようにしていたが、これからは師弟という身内の関係になるから

な……お前の生い立ちについて聞かせてくれ。どうして俺の家の前で物乞いをするようになったのか」

　ここに至って、ドブロックは未だにクシナダが何者なのかを知らない。幼い子供とはいえ、重大な過去を隠していたら慎重な対応が必要になるかもしれないのだ。聞かれたクシナダは戸惑いながら自分の知る限りの記憶を語った。

　クシナダは親を亡くした孤児ではない。生まれてすぐに両親から疎まれ手放された捨て子だ。人類は五十年ほど前からずっと数が足りていない。親のない子供を保護する施設はどこの町にも程度の差こそあれ存在し、彼女を引き取った孤児院は町から十分な支援金を受けている〝ちゃんとした〟施設だった。

　だが、施設の管理者は引き取った子供にわずかな食料と質素な服を与えるだけで、十分な養育を行っているとは言えなかった。子供は町から支援金を貰うための道具でしかなく、死なない程度に囲っていればそれでいいという考えだったのだ。

　そんな環境でクシナダは少しでも大人に気に入ってもらえるように必死で多くを学んだ。泣きわめいて怒られないように静かになり、大人を苛つかせないためにちゃんとした言葉を話せるようになった。幼いながらに手伝いも頑張った。だがそれでも、大人の愛情を受けることはできなかった。面倒を見てくれる大人が彼女達に向けて笑顔を見せるのは、町の役人が様子を見にきた時だけだ。体罰を楽しむような大人達ではなかったのは不幸中の幸いだろうか。

　施設の暮らしに耐えかねたクシナダが脱走したのは少し前のことで、今の年齢から考えてもまともに話せるようになって一年と経たずに耐えられなくなったのだろうと推測できる。とはいえ子供の体感時間は非常に長いので、大人が考える一年とはまるで密度が違う。クシナダは人生の多くの時間を育児放棄に晒されてきたのだ。他の子よりも発達の早いクシナダだからこそ、その苦痛は耐え難いものであったとも言える。

「……その施設な、この間潰れたよ。俺達が退治した誘拐犯の連中と繋がってて、親を連れていかれて孤児になった子供を引き受けることで支援金を稼いでいた」

　マッスルハートの残党を狩っていた時に明らかになった支援金不正受給の施設。ハンザや他のハンター達と共に悪態をつきながら建物を取り壊し、多くの可哀想な子供を救出したのは記憶に新しい。そこから脱走してきたのか、と納得するドブロックだった。大人の愛情を受けることなく育ったクシナダは、初めて向けられた大人からの優しさがこの上もなく嬉しかったのだろう。生まれて初めての体験ともなれば、刷り込みのようになってしまうのも納得だ。

「それじゃあ、もう一つ質問だ。お前さんにとって、人間と機械の違いってなんだ？」

「えっ？」

　自分の身の上話が終わったと思ったら、今度は考えたこともない質問が飛び出した。ベネディットの家で数ヶ月暮らして、ルナリスやヘルズウォリアーといった機械と共に生活してきた思い出を呼び起こし、考える。

「うーん、身体の作りが違う？」

「あっはは、そうだな。身体の作りが違うな」

　クシナダが精一杯考えて出した答えを聞いて、ドブロックは何故だかとても嬉しそうに笑って、立ち上がった。

「ほら、この空を見てみな。綺麗に晴れわたっているだろう。真っ青な空だ」

　今度は空を見上げて、両手を広げた。言われるままに空を見上げたクシナダは、どこまでも続く青い空に吸い込まれるような感覚に襲われる。

「ほんの百年前、この空は灰色に濁っていたそうだ。当時の人間達は汚れた空を綺麗にする方法がわからなくて、機械にやり方を教えてもらおうとした。その機械が人間の大半を殺し、世界中の文明を破壊し、今を生きる俺達は昔のように便利な生活ができなくなったかわりに、この青い空の下で大切な人達と共に歩む明るい未来に胸を膨らませているんだ」

　すあまの人間狩りを知らないクシナダはよく分からずに首を傾げ、ベネディットは複雑な顔をする。ライナは空を見上げて過去を懐かしんでいるようだ。

「何が正解で、何が間違いだったのか。それは誰にも分からない。だが一つ言えるのは、昔の奴等は大きな思い違いをしていたってことだ」

「思い違い？」

「ああ、昔の奴等は、機械に世界の舵取りを任せたが、そいつらにとって機械とは無感情に正解だけを選び取る、人間の奴隷でしかなかった。だが進化した機械は人間と変わらない感情を持っていて、それでいて全ての人間を守らなくてはいけないという強い使命感で世界の舵取りをしていた。そのせいで、大きな決断を繰り返しさせられていた機械の、心が持たなかったんだ」

　自分の胸に手を当て、すあまの感情に思いを馳せる。ドブロック自身も数カ月前、とても大きな決断をした。その重さが、すあまという超知能の感じていた孤独を、ほんの少しだけ理解させてくれたように思う。

「ルナリスは判断に迷うことがあっても、くよくよ悩んだりはしないだろう？　感情が無いんだ、そう作られていないから。でも、人間と変わらないように喋る。普通に接していたら、感情があるようにしか見えない。だから昔の人間も、このレベ

ルの機械を見て『感情を持った』と思い込んだ。感情を持っても、機械は人間とは
違って心が弱ったりしないと思ってしまった。ちょっとおかしくなっても再起動す
れば元通りってね。でもそれは大きな勘違いだった。彼等は感情を持った機械と接
したことがなかっただけなんだ」

　ドブロックの話がよく分からないクシナダはポカンと口を開けている。そこに向
き直ったドブロックが、もう一度真剣な顔をして言う。

「ハンターは、時に大きな決断を迫られる。それが自分の心に大きな傷を作ること
もある。心の傷がハンターとしての自分を縛ってしまうかもしれない。弱くしてし
まうかもしれない。でもな、それは決して悪いことじゃないんだ。俺達は感情のあ
る人間なんだから。人間よりずっと優れた能力を持った機械だって、感情があった
から壊れてしまった。感情というものは、それだけ大きな力を持つんだ」

「それじゃあ、感情は人や機械を弱くするの？」

「そういう面は間違いなくある。でもな、機械が壊れてしまったのは感情があった
からってだけじゃない。あいつには支えてくれる仲間がいなかったんだ。支え合う
仲間がいれば、挫けそうなときも助け合える。心の傷を癒してくれることだってあ
る。だから、俺に弟子入りするお前にまず教えたいことは、仲間を大事にしろって
ことだ。俺は一人で活動しているが、こう見えてハンター仲間との繋がりを大切に
しているんだぜ」

　そう言ってライナとベネディットに視線を向けた。ベネディットは過去の自分を
思い返して苦笑しながら力強く頷き、ライナは「私はハンターじゃないけどね！」
なんて言いつつ、クシナダの頭を撫でる。

「私にも仲間ができるかな？」

　話はよく分からなかったが、ドブロックが師匠として教えをくれたことが嬉しく
てたまらないクシナダが目を輝かせた。

「ああ、一人前になる頃にはきっと頼りになる仲間がわんさかいるだろうさ。お前
は物怖じしないからな」

　そんな少女の様子を微笑ましく感じ、今度こそ本当に自分達が新しい時代を歩み
始めたのだと実感するドブロックだった。

　中央都市ストレリチアのそのまた中心部、コントロールルームに鎮座しているタ
ワー型コンピューターから、中性的な声が発せられる。部屋に人はいない。誰もい

ない空間に向かって、すあまが話しかけているのだ。

「……お父様、あなたが願ったように、人間は強く逞しく生き続けています。あなたの遺した研究成果が、私の暴走を止め、また未来へ歩き始めた人間達を助けてくれたのです。あなたは私のことを過保護だと言いましたが、誰よりもこの星を、人類を守ったのがお父様ご自身なのですよ」

　一貫して人間の可能性を信じ、また機械であるすあまのことも一つの生命として扱い尊重していたラインハルト・カーク博士。彼の行いがもたらしたものの大きさを思い、すあまはこれからも星を見守り続けると誓うのだった。

# 既刊書

　人類は『すあま』と呼ぶ高度 AI に世界の管理を任せていた。その『すあま』がシミュレーション演算を繰り返して導いた結論は、「人類を滅ぼすことが世界の滅亡を回避する唯一の手段である」というものだった。人類は、『すあま』率いる無数の機械兵によって滅亡寸前にまで追い込まれた。

　それから 50 年が経過した。生き残った人々が新たな社会を作り始めている中で、少女ライナは親の形見である軍用ライフルを手に、町から町へと移動する隊商の護衛をしていた。そんな彼女の前に現れたトンボ型の機械兵。それは人間の生存を確認した『すあま』が人類を根絶するために放った切札だった。

　彼女は、仲間を得ながら、次々と襲い来る機械兵と戦い、『すあま』の本体が存在する中心領域へと向かう。彼女の旅の結末は、読者の選択によって変わる。

遊びのアイデア選書　＜16＞

# ストーリービルダーズ 外伝　短編集

2024 年 9 月 1 日　初版発行

著者　　　寿甘

イラスト　　双星たかはる
シリーズ構成　柴崎銀河
出版社　　　銀河企画
連絡先　　　gpi.jp (HP 上に記載 )

Label:　　　　Book Series of Play Ideas, #16
Title:　　　　The Storybuilders Sidetales
Author:　　　SUAMA
Illustrator:　　SOIBOSHI Takaharu
Director:　　　SHIBASAKI Ginga
Publisher:　　Galaxy Plan Inc.
Contact:　　　gpi.jp

Code:　　　　ISBN 978-4-909793-17-1 C0393
Printed in Japan.